U0129169

全英譯魯迅詩歌集

Lu Xun Complete Poems

吳　　鈞　譯著

文史哲英譯叢刊
文史哲出版社印行

國家圖書館出版品預行編目資料

全英譯魯迅詩歌集 = Lu Xun Complete
Poems / 吳鈞譯著. -- 初版 -- 臺北市：
文史哲，民 101.11
　　頁；公分（文史哲英譯叢刊；2）
中英對照
ISBN 978-986-314-073-3（平裝）

1.周樹人 2.詩歌注釋 3.英譯

851.484　　　　　　　　　　101022325

文史哲英譯叢刊　2

全英譯魯迅詩歌集
Lu Xun Complete Poems

譯 著 者：吳　　　　　　　　鈞
出 版 者：文 史 哲 出 版 社
　　　　　http://www.lapen.com.tw
　　　　　e-mail：lapen@ms74.hinet.net
登記證字號：行政院新聞局版臺業字五三三七號
發 行 人：彭　　　正　　　雄
發 行 所：文 史 哲 出 版 社
印 刷 者：文 史 哲 出 版 社
　　　　　臺北市羅斯福路一段七十二巷四號
　　　　　郵政劃撥帳號：一六一八〇一七五
　　　　　電話886-2-23511028・傳真886-2-23965656

實價新臺幣二四〇元

中華民國一〇一年（2012）十一月初版

自　序

　　儘管魯迅研究的論著早已經是汗牛充棟了，魯迅小說雜文的外譯也早已有了不同的多種語言的版本，但魯迅詩歌的翻譯及其研究卻至今仍然十分稀少。由於各種不同的原因，已有的英譯版本不僅譯詩數量不夠，遺漏和誤譯也在所難免。

　　魯迅最早的詩歌創作於 1900 年 3 月，當時二十歲的青年魯迅正在南京求學，他從家鄉度度過寒假返回學校後，寫了組詩《別諸弟》三首寄託他的兄弟思念之情。魯迅一生中最後一首詩歌是 1935 年 12 月寫贈給許廣平的《亥年殘秋偶作》。本譯者在研究中統計，從 1900 年到 1935 年的 35 年中，魯迅一生共創作了 66 題 81 首詩歌，這些詩歌無論是舊體詩，還是新體詩或民歌體的詩歌，都顯示出中國文學大家的風範和偉大詩人的神韻。

　　筆者在研究的基礎上，將魯迅全部的 66 題 81 首詩歌翻譯成英語，這應該是迄今為止搜集到並翻譯最全的魯迅詩歌集了吧。筆者按魯迅詩歌的類型分為三個部分：舊體詩、新體詩和民歌體詩進行翻譯。譯詩補充了此前出版的魯迅詩歌英譯的缺失部分，糾正了一些誤譯

和錯誤，還對一些有分歧的值得探討的問題進行了思
考。

　　眾所周知，詩歌這樣的藝術珍品的翻譯是需要反復
推敲、修改精化而成的，特別是魯迅詩歌的博大精深決
定了他的詩歌英譯不可能一蹴而就一遍成功。魯詩翻譯
是需要反復體味推敲以求準確理解與精益求精的。此本
魯詩英譯是我對自己上一本研究著作中所附的魯詩英
譯再推敲修正的結果，特別是在韻律上進行了進一步的
打磨推敲與修改。譯者願以此拙译與大家共同探討交
流，歡迎學界同仁和讀者朋友們批評指正，以求促進魯
迅詩歌翻譯傳播的研究。

吳　鈞

2012 年 10 月

自 序

　　尽管鲁迅研究的论著早已经是汗牛充栋了，鲁迅小说杂文的外译也早已有了不同的多种语言的版本，但鲁迅诗歌的翻译及其研究却至今仍然十分稀少。由於各种不同的原因，已有的英译版本不仅译诗数量不够，遗漏和误译也在所难免。

　　鲁迅最早的诗歌创作於 1900 年 3 月，当时二十岁的青年鲁迅正在南京求学，他从家乡度度过寒假返回学校後，写了组诗《别诸弟》三首寄托他的兄弟思念之情。鲁迅一生中最後一首诗歌是 1935 年 12 月写赠给许广平的《亥年残秋偶作》。本译者在研究中统计，从 1900 年到 1935 年的 35 年中，鲁迅一生共创作了 66 题 81 首诗歌，这些诗歌无论是旧体诗，还是新体诗或民歌体的诗歌，都显示出中国文学大家的风范和伟大诗人的神韵。

　　笔者在研究的基础上，将鲁迅全部的 66 题 81 首诗歌翻译成英语，这应该是迄今为止搜集到并翻译最全的鲁迅诗歌集了吧。笔者按鲁迅诗歌的类型分为三个部分：旧体诗、新体诗和民歌体诗进行翻译。译诗补充了此前出版的鲁迅诗歌英译的缺失部分，纠正了一些误译和错误，还对一些有分歧的值得探讨的问题进行了思考。

众所周知，诗歌这样的艺术珍品的翻译是需要反复推敲、修改精化而成的，特别是鲁迅诗歌的博大精深决定了他的诗歌英译不可能一蹴而就一遍成功。鲁诗翻译是需要反复体味推敲以求准确理解与精益求精的。此本鲁诗英译是我对自己上一本研究著作中所附的鲁诗英译再推敲修正的结果，特别是在韵律上进行了进一步的打磨推敲与修改。译者愿以此拙译与大家共同探讨交流，欢迎学界同仁和读者朋友们批评指正，以求促进鲁迅诗歌翻译传播的研究。

吴　钧

Translator's Words

Although there are already an immense number of books on the study of Lu Xun, and many different versions of Lu Xun's novels and essays, yet the translation and study of Lu Xun's poems are still rare even today. Because of many different reasons, the published versions of Lu Xun's poems are not only limited in number, but also with inevitable omissions and misinterpretations.

Lu Xun's earliest poems were written in March, 1900. At that time, the 20 years old Lu Xun was studying in Nanjing. After spending the winter vacation at home, he returned to school and at that time he wrote *Three Poems of Farewell to My Brothers,* which expressed his thoughts for his younger brothers. Lu Xun's last poem in his life is *An Impromptu in Late Autumn* which was written for Xu Guangping in December 1935. According to the statistics of my study, in the 35 years from 1900 to 1935, Lu Xun wrote a total of 81 poems in 66 groups . These poems are of different types including classical poems, modern poems, and folk songs. All of his poems exhibit the unique style of a great master of Chinese literature and the verve of a great poet.

In this book I have translated Lu Xun's entire 81 poems ,

which I think should be the most comprehensive collection of the translated poems of Lu Xun up till now. My translation of his poems are classified into three groups according to his three different types of poems. This book is actually a supplement to what missed in the previously published versions. I made some corrections for the misinterpretations and mistakes, and put forward some questions for further discussion.

As is known to all, translation of artistic works of poetry is no easy job which needs the translator's repeated elaboration and polishing efforts. The translation of the poems as profound as Lu Xun's cannot be done well without a painstaking job. The careful appreciation of the exact meaning and the exploration for the perfection of the version are essential in the translation of Lu Xun's poems. This book is the result of my revision and refining of my previous translation when I wrote *A Study Of Translation And Communication Of Lu Xun's Poems* . I tried to improve the rhythms of my translations and made them more melodious as in the original Chinese poems of Lu Xun . I wish this book would offer an opportunity for both the translator and the readers to discuss and communicate with each other. I welcome any criticism and comments on the study so as to improve the translation and communication of Lu Xun's poems.

Wu Jun

前　　言

　　魯迅是在海內外最具經久不衰名望的偉大的中國作家之一。魯迅文學作品各種語言的翻譯早已遍佈全球。在過去的一個世紀裡，中國有幸誕生了魯迅這樣的偉大思想家、文學家、翻譯家和詩人。自上個世紀初日本報刊報導周氏兄弟的翻譯小說起，世界對魯迅的關注和研究已經越來越多。魯迅是中國的驕傲，他不僅屬於中國而且屬於全世界。他不僅活在 21 世紀中國人的心中，他的影響力還正在漂洋過海向整個世界廣為傳播。如今，魯迅的小說雜文已經有了多達 50 多種各國文字的翻譯本，魯迅作品的讀者遍及全球。隨著作品的翻譯和傳播，魯迅已經被世界上許多國家和人民視為與莎士比亞等西方作家齊名的偉大作家。

　　但相對于魯迅的小說翻譯傳播來說，魯迅的詩歌翻譯數量還很少，並存在許多漏譯與誤譯等亟待解決的問題。據統計，魯迅從 1900 年二十歲時寫詩到 1936 年逝世，一生共創作了約 81 首詩歌，其中包括舊體詩 68 首，現代詩 13 首。[1]魯迅的詩歌一經發表，就得到他生活時代的學界重視和讀者喜愛。這些詩歌不少都是附寫在給友人的書信中的。魯迅寫詩信手拈來，或深奧、或辛辣、或幽默、或抒情，但都淋漓盡致地表達了作者對人對事的真實情感與鮮明的處世態度。從魯迅生活的年代開始，就有讀者不斷地研究評論魯迅的各類作品，隨之也有各種語言的對外翻譯介紹，但相對於魯迅小說雜文對外翻譯的盛況，魯迅詩歌的對外介紹便顯得頗爲冷清，其翻譯的品質也有待進一步提高。

　　中國古典格律詩是世界上最優美的語言藝術精品，它語言精煉，言簡意賅，寓意深遠，回味無窮，令人百讀不厭。魯迅的舊體詩就是這座藝術殿堂裡光彩奪目的明珠。中國古典格律詩歌在世界上久負盛名，是最優美的語言藝術精品。而魯迅的詩歌創作是對中國古典詩詞的發揚光大和繼承發展。中國古典詩歌的浪漫主義色彩、生動形象的藝術風格，以及對現實醜惡的批判精神都在魯迅的詩歌創作中得到了繼承和發展。魯迅的詩歌展現的是人間大美的精神風貌，表達的是人間大愛的豐富情感，繼承的是經典的中國詩歌藝術。

　　魯迅的詩歌藝術博大精深，可以從不同的角度和採用不同的方法來分析研究。魯迅說：“詩人者，攖人心

---

1 此數字爲本書譯者通過閱讀魯迅不同版本的詩歌統計出來的數字。

者也"[2]，魯迅的詩歌創作雖然數量有限，但他的詩歌"其聲沏於靈府，令有情皆舉其首，如睹曉日，益爲之美偉強力高尚發揚"[3]，他無愧爲中國詩歌史上的最偉大的詩人與詩歌革新開拓的先驅者。楚辭爲我國浪漫主義詩歌的經典，楚辭對中國傳統文學藝術產生了重要的影響，而魯迅的詩歌創作就頗具楚辭遺風，魯迅的詩歌充分體現出楚辭的表現手法對其詩歌的影響作用。例如魯迅喜歡用騷體形式寫詩，他的詩歌中充滿著奇異的想像、生動的比喻和暗含的隱喻，中國傳統詩人的批判精神與針砭時弊的勇氣和膽略在魯迅的詩歌中都能找到。這在魯迅早期寫於 1901 年 2 月的《祭書神文》中就看的很清楚。

　　從魯迅詩歌的分析中我們可以看出，詩歌的風骨美是他的詩歌的重要特點，而風骨美的詩歌的源泉在於詩人心靈對真善美的思想情操的追求與堅守。進一步來說，詩歌的風骨美就是詩人的審美理想、審美情趣在其詩歌作品中的體現，它是詩人個性特徵和價值觀的體現。

　　魯迅的詩歌還是情感真的典範。魯迅對詩歌所表達的真實情感有過這樣的論述："詩歌是本以抒發自己的

2 魯迅：《魯迅全集》第一卷，熱風・摩羅詩力說，[M].北京：北京人民文學出版社，2005 年版，頁 70。
3 魯迅：《魯迅全集》第一卷，熱風・摩羅詩力說，[M].北京：北京人民文學出版社，2005 年版，頁 70。

熱情的，發訖即罷；但也願意有共鳴的心弦 ── 。"[4]可見詩人只有將自己的真實情感融入作品中去，才有可能引起讀者的共鳴。魯迅還曾經說："文學的修養，決不是使人變成木石，所以文人還是人，既然還是人，他心裡就仍然有是非，有愛憎；但又因為是文人；他的是非就愈分明；愛憎也愈強烈。"[5]他還說過"他唱著所是，頌著所愛，而不管所非和所憎；他得像熱烈地主張著所是一樣，熱烈地攻擊著所非，像熱烈地擁抱著所愛一樣，更熱烈地擁抱著所憎。"[6]研究魯迅的詩歌創作，可以感受到他的每一首詩歌，都正如他的對詩歌的論述一樣愛恨分明，他的真愛如火一般熾烈，他的憎恨如箭一樣鋒利。他的質樸熾烈的情感是他的詩魂，凝結著真善美的高尚人格，表現著堅強的意志力。

　　魯迅對中國語言的駕馭，對詞語藝術的把握，都達到了超凡脫俗爐火純青的藝術高度，形成了他自己的獨具風格的文采美。魯迅的詩歌，特別是他的舊體詩中體現了堪稱一流的文采美，魯迅的許多詩句早已成了家喻戶曉、膾炙人口的名言警句，久傳不衰。例如："無情未必真豪傑，憐子如何不丈夫"、"橫眉冷對千夫指，

4　魯迅：《魯迅全集》第 7 卷，《詩歌之敵》[M].北京：北京人民文學出版社，2005 年版，頁 248。

5　魯迅：《魯迅全集》第 6 卷，[M].北京：北京人民文學出版社，2005 年版，頁 347。

6　魯迅：《魯迅全集》第 6 卷，[M].北京：北京人民文學出版社，2005 年版，頁 348。

俯首甘爲孺子牛"等等。魯迅的律詩和絕句格式嚴格、對仗工整，膾炙人口的傳世警句比比皆是。魯迅詩中的文采美還體現在他韻律的和諧、典故的巧用、對偶的整齊、雙關語、幽默反諷語、諧音和比喻等等詩歌技藝的高超運用上。

　　魯迅是中國現代新詩壇 "詩體解放" 運動最早的提倡者和實踐者之一，他是中國新詩運動的積極探索者和開拓者。關於詩歌的形式美，魯迅的看法是 "詩歌雖有眼看的和嘴唱的兩種，也究以後一種爲好；可惜中國的新詩大概是前一種。沒有節調，沒有韻，它唱不來；唱不來，就記不住，記不住，就不能在人們的腦子裡將舊詩擠出，占了它的地位。"[7]因此，他希望詩歌 "內容且不說，新詩先要有節調，押大致相近的韻，給大家容易記，又順口，唱得出來。但白話詩要押韻而又自然，是頗不容易的"[8]。魯迅還說過："詩須有形式，要易記，易懂，易唱，動聽，但格式不要太嚴。要有韻，但不必依舊詩韻，只要順口就好"[9]

　　中國新詩是在繼承中國古體詩的基礎上發展而來的。沒有中國古體詩的底蘊，就沒有魯迅新詩的創作。

7　魯迅：《魯迅全集》第 13 卷，《書信集・致竇隱夫》，[M].北京：北京人民文學出版社，2005 年版，頁 249。
8　魯迅：《致竇隱夫》1934。同上。
9　魯迅：《魯迅全集》第 13 卷，《書信集・致蔡斐君》，[M].北京：北京人民文學出版社，2005 年版，頁 552。

魯迅的古體詩和新詩互爲依存，交相輝映，以其“精神界之戰士”的雄姿和典範，堅實地佇立在中國詩壇上。中國近現代詩歌歷史的發展證明：中國詩壇在 1919 年的五四運動中出現的白話新詩，開拓出具有源遠流長的詩歌傳統的中華民族的詩歌新時代，魯迅在這個劃時代的詩歌運動中，熱情支持並身體力行地爲中國新詩運動鳴鑼開道，熱情促生中國新詩的發展，爲中國詩壇發出“美偉剛健”之聲而吶喊助威。但與此同時，魯迅並非完全排斥舊體詩，而是以他自己的多種詩歌形式的創作實踐表明：中國詩歌的優秀傳統和豐富的形式仍然可以被一代新詩人所繼承發揚之。

魯迅的詩歌以其形式的多樣化、風格的新穎、不同凡響的詩風詩德高屋建瓴拓展開拓，爲中國新詩的創新與發展、爲青年一代詩人的成長與進步、爲中國詩學的繼承與發展樹立了典範，做出了不可磨滅的貢獻。如今，魯迅已經成爲中國走向世界的屈指可數的最偉大的作家之一，而他的詩歌創作就是他文學創作寶庫中的最耀眼的明珠。要論說中國現代文學不可不談及魯迅，同樣，國人只要談論中國新詩運動，就不可避免地要談“魯迅”的詩歌創作及其作用。

如今，在中國文學走向世界的進程中，中國文學從“拿來主義”到充滿自信地走向世界的發展變化令人鼓舞。當前，在越來越多的魯迅作品被世界各國人民所喜愛並接受的時代，魯迅詩歌研究與翻譯也對譯界提出了挑戰。我們關注與研究魯迅詩歌翻譯，就是爲弘揚中國文化、達到魯迅“和世界的時代思潮合流，而又並未梏亡中國的民族性”[10]之文學目的，這種研究對促使中國文學經典走出國門自立于世界文學之林是十分有益的，而魯迅詩歌翻譯傳播的成功經驗和教訓又可以被“拿來”爲中國文學走出國門、自立于世界文學民族之林服務。

　　學習研究和翻譯魯迅的文學作品，自然要學習研究翻譯魯迅的詩歌。遺憾的是，魯迅的詩歌翻譯在海外還不多見。這主要是因爲魯迅的詩歌大多是舊體詩，這些詩歌裡有很多典故和古語的運用不易理解和翻譯。翻譯不易，翻譯文學更不易，翻譯魯迅的詩歌就更加不易了。儘管長期以來對魯詩的研究介紹不夠，但魯迅的詩歌因其內在的魅力，一經發表就受到讀者的喜愛。然而至今就魯迅詩歌的英語翻譯與研究來說，雖然已經有了不同的幾個的版本，但仍有很大的拓展研究與翻譯空間。由於各種不同的原因，這些版本不僅譯詩數量不夠，遺漏和誤譯也在所難免。本書譯者的魯詩英譯努力按照魯迅的詩歌創作原則來進行翻譯，其目的在於拋磚引玉，期待學界同仁共同探討，爲不斷提高魯詩英譯的水準以及中國經典詩歌翻譯與傳播的數量和品質而共同努力。

---

10 魯迅：《魯迅全集》第 3 卷，人民文學出版社 2005 年，頁 574。

前　言

　　魯迅是在海內外最具經久不衰名望的偉大的中國作家之一。魯迅文學作品各種語言的翻譯早已遍布全球。在過去的一個世紀裏，中國有幸誕生了魯迅這樣的偉大思想家、文學家、翻譯家和詩人。自上個世紀初日本報刊報導周氏兄弟的翻譯小說起，世界對魯迅的關注和研究已經越來越多。魯迅是中國的驕傲，他不僅屬於中國而且屬於全世界。他不僅活在 21 世紀中國人的心中，他的影響力還正在漂洋過海向整個世界廣為傳播。如今，魯迅的小說雜文已經有了多達 50 多種各國文字的翻譯本，魯迅作品的讀者遍及全球。隨著作品的翻譯和傳播，魯迅已經被世界上許多國家和人民視為與莎士比亞等西方作家齊名的偉大作家。

　　但相對於魯迅的小說翻譯傳播來說，魯迅的詩歌翻譯數量還很少，並存在許多漏譯與誤譯等亟待解決的問題。據統計，魯迅從 1900 年二十歲時寫詩到 1936 年逝世，一生共創作了約 81 首詩歌，其中包括舊體詩 68 首，现代诗 13 首。[1]鲁迅的诗歌一经发表，就得到他生活时代的学界重视和读者喜爱。这些诗歌不少都是附写在给友人的书信中的。鲁迅写诗信手拈来，或深奥、或辛辣、或幽默、或抒情，但都淋漓尽致地表达了作者对人对事的真实情感与鲜明的处世态度。从鲁迅生活的年代开始，就有读者不断地研究评论鲁迅的各类作品，随之也有各种语言的对外翻译介绍，但相对於鲁迅小说杂文对外翻译的盛况，鲁迅诗歌的对外介绍便显得颇为冷清，其翻译的品质也有待进一步提高。

中国古典格律诗是世界上最优美的语言艺术精品，它语言精炼，言简意赅，寓意深远，回味无穷，令人百读不厌。鲁迅的旧体诗就是这座艺术殿堂里光彩夺目的明珠。中国古典格律诗歌在世界上久负盛名，是最优美的语言艺术精品。而鲁迅的诗歌创作是对中国古典诗词的发扬光大和继承发展。中国古典诗歌的浪漫主义色彩、生动形象的艺术风格，以及对现实丑恶的批判精神都在鲁迅的诗歌创作中得到了继承和发展。鲁迅的诗歌展现的是人间大美的精神风貌，表达的是人间大爱的丰富情感，继承的是经典的中国诗歌艺术。

鲁迅的诗歌艺术博大精深，可以从不同的角度和采用不同的方法来分析研究。鲁迅说：“诗人者，撄人心

---

1 此數字爲本書譯者通過閱讀魯迅不同版本的詩歌統計出來的數字。

者也"[2]，鲁迅的诗歌创作虽然数量有限，但他的诗歌"其声沏於灵府，令有情皆举其首，如睹晓日，益为之美伟强力高尚发扬"[3]，他无愧为中国诗歌史上的最伟大的诗人与诗歌革新开拓的先驱者。楚辞为我国浪漫主义诗歌的经典，楚辞对中国传统文学艺术产生了重要的影响，而鲁迅的诗歌创作就颇具楚辞遗风，鲁迅的诗歌充分体现出楚辞的表现手法对其诗歌的影响作用。例如鲁迅喜欢用骚体形式写诗，他的诗歌中充满著奇异的想像、生动的比喻和暗含的隐喻，中国传统诗人的批判精神与针砭时弊的勇气和胆略在鲁迅的诗歌中都能找到。这在鲁迅早期写於 1901 年 2 月的《祭书神文》中就看的很清楚。

从鲁迅诗歌的分析中我们可以看出，诗歌的风骨美是他的诗歌的重要特点，而风骨美的诗歌的源泉在於诗人心灵对真善美的思想情操的追求与坚守。进一步来说，诗歌的风骨美就是诗人的审美理想、审美情趣在其诗歌作品中的体现，它是诗人个性特徵和价值观的体现。

鲁迅的诗歌还是情感真的典范。鲁迅对诗歌所表达的真实情感有过这样的论述："诗歌是本以抒发自己的

---

2 鲁迅：《鲁迅全集》第一卷，熱風‧摩羅詩力說，[M].北京：北京人民文學出版社，2005 年版，頁 70。

3 鲁迅：《鲁迅全集》第一卷，熱風‧摩羅詩力說，[M].北京：北京人民文學出版社，2005 年版，頁 70。

热情的，发讫即罢；但也愿意有共鸣的心弦 —— 。"[4]可见诗人只有将自己的真实情感融入作品中去，才有可能引起读者的共鸣。鲁迅还曾经说："文学的修养，决不是使人变成木石，所以文人还是人，既然还是人，他心里就仍然有是非，有爱憎；但又因为是文人；他的是非就愈分明；爱憎也愈强烈。"[5]他还说过"他唱著所是，颂著所爱，而不管所非和所憎；他得像热烈地主张著所是一样，热烈地攻击著所非，像热烈地拥抱著所爱一样，更热烈地拥抱著所憎。"[6]研究鲁迅的诗歌创作，可以感受到他的每一首诗歌，都正如他的对诗歌的论述一样爱恨分明，他的真爱如火一般炽烈，他的憎恨如箭一样锋利。他的质朴炽烈的情感是他的诗魂，凝结著真善美的高尚人格，表现著坚强的意志力。

鲁迅对中国语言的驾驭，对词语艺术的把握，都达到了超凡脱俗炉火纯青的艺术高度，形成了他自己的独具风格的文采美。鲁迅的诗歌，特别是他的旧体诗中体现了堪称一流的文采美，鲁迅的许多诗句早已成了家喻户晓、脍炙人口的名言警句，久传不衰。例如："无情未必真豪杰，怜子如何不丈夫"、"横眉冷对千夫指，

4 鲁迅：《鲁迅全集》第 7 卷，《詩歌之敵》[M].北京：北京人民文學出版社，2005 年版，頁 248。
5 鲁迅：《鲁迅全集》第 6 卷，[M].北京：北京人民文學出版社，2005 年版，頁 347。
6 鲁迅：《鲁迅全集》第 6 卷，[M].北京：北京人民文學出版社，2005 年版，頁 348。

俯首甘为孺子牛"等等。鲁迅的律诗和绝句格式严格、对仗工整，脍炙人口的传世警句比比皆是。鲁迅诗中的文采美还体现在他韵律的和谐、典故的巧用、对偶的整齐、双关语、幽默反讽语、谐音和比喻等等诗歌技艺的高超运用上。

鲁迅是中国现代新诗坛"诗体解放"运动最早的提倡者和实践者之一，他是中国新诗运动的积极探索者和开拓者。关于诗歌的形式美，鲁迅的看法是"诗歌虽有眼看的和嘴唱的两种，也究以後一种为好；可惜中国的新诗大概是前一种。没有节调，没有韵，它唱不来；唱不来，就记不住，记不住，就不能在人们的脑子里将旧诗挤出，占了它的地位。"[7]因此，他希望诗歌"内容且不说，新诗先要有节调，押大致相近的韵，给大家容易记，又顺口，唱得出来。但白话诗要押韵而又自然，是颇不容易的"[8]。鲁迅还说过："诗须有形式，要易记，易懂，易唱，动听，但格式不要太严。要有韵，但不必依旧诗韵，只要顺口就好"[9]

中国新诗是在继承中国古体诗的基础上发展而来的。没有中国古体诗的底蕴，就没有鲁迅新诗的创作。

7　鲁迅：《鲁迅全集》第 13 卷，《書信集・致竇隱夫》，[M].北京：北京人民文學出版社，2005 年版，頁 249。

8　鲁迅：《致竇隱夫》1934。同上。

9　鲁迅：《鲁迅全集》第 13 卷，《書信集・致蔡斐君》，[M].北京：北京人民文學出版社，2005 年版，頁 552。

鲁迅的古体诗和新诗互为依存，交相辉映，以其"精神界之战士"的雄姿和典范，坚实地伫立在中国诗坛上。中国近现代诗歌历史的发展证明：中国诗坛在 1919 年的五四运动中出现的白话新诗，开拓出具有源远流长的诗歌传统的中华民族的诗歌新时代，鲁迅在这个划时代的诗歌运动中，热情支持并身体力行地为中国新诗运动鸣锣开道，热情促生中国新诗的发展，为中国诗坛发出"美伟刚健"之声而呐喊助威。但与此同时，鲁迅并非完全排斥旧体诗，而是以他自己的多种诗歌形式的创作实践表明：中国诗歌的优秀传统和丰富的形式仍然可以被一代新诗人所继承发扬之。

鲁迅的诗歌以其形式的多样化、风格的新颖、不同凡响的诗风诗德高屋建瓴拓展开拓，为中国新诗的创新与发展、为青年一代诗人的成长与进步、为中国诗学的继承与发展树立了典范，做出了不可磨灭的贡献。如今，鲁迅已经成为中国走向世界的屈指可数的最伟大的作家之一，而他的诗歌创作就是他文学创作宝库中的最耀眼的明珠。要论说中国现代文学不可不谈及鲁迅，同样，国人只要谈论中国新诗运动，就不可避免地要谈"鲁迅"的诗歌创作及其作用。

如今，在中国文学走向世界的进程中，中国文学从"拿来主义"到充满自信地走向世界的发展变化令人鼓舞。当前，在越来越多的鲁迅作品被世界各国人民所喜爱并接受的时代，鲁迅诗歌研究与翻译也对译界提出了挑战。我们关注与研究鲁迅诗歌翻译，就是为弘扬中国文化、达到鲁迅"和世界的时代思潮合流，而又并未栲亡中国的民族性"[10]之文学目的，这种研究对促使中国文学经典走出国门自立于世界文学之林是十分有益的，而鲁迅诗歌翻译传播的成功经验和教训又可以被"拿来"为中国文学走出国门、自立于世界文学民族之林服务。

　　学习研究和翻译鲁迅的文学作品，自然要学习研究翻译鲁迅的诗歌。遗憾的是，鲁迅的诗歌翻译在海外还不多见。这主要是因为鲁迅的诗歌大多是旧体诗，这些诗歌里有很多典故和古语的运用不易理解和翻译。翻译不易，翻译文学更不易，翻译鲁迅的诗歌就更加不易了。尽管长期以来对鲁诗的研究介绍不够，但鲁迅的诗歌因其内在的魅力，一经发表就受到读者的喜爱。然而至今就鲁迅诗歌的英语翻译与研究来说，虽然已经有了不同的几个的版本，但仍有很大的拓展研究与翻译空间。由於各种不同的原因，这些版本不仅译诗数量不够，遗漏和误译也在所难免。本书译者的鲁诗英译努力按照鲁迅的诗歌创作原则来进行翻译，其目的在於抛砖引玉，期待学界同仁共同探讨，为不断提高鲁诗英译的水准以及中国经典诗歌翻译与传播的数量和品质而共同努力。

　　．

10　鲁迅：《鲁迅全集》第 3 卷，人民文學出版社 2005 年，頁 574。

全英譯魯迅詩歌集
Lu Xun Complete Poems

目　　次
Contents

二、新體詩　　新体诗　**Poems in the Modern Style**

三、民歌體詩　　民歌体诗 **Poems in the Ballad Style**

1902 年在日本留學時的魯迅

1930 年的魯迅

1933 年魯迅與許廣平和海嬰

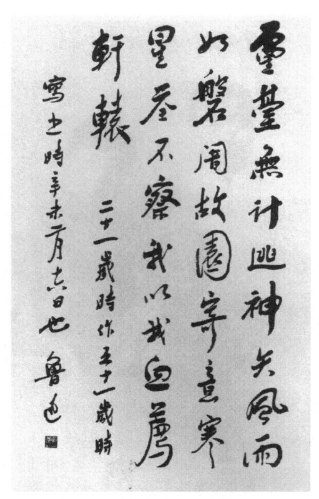

魯迅詩歌手跡《自題小像》作於 1901 年 3 月

魯迅詩歌手跡《亥年殘秋偶作》創作於 1935 年 12 月

一、舊體詩

別諸弟三首（庚子二月，1900 年 3 月）

謀生無奈日賓士，有弟偏教各別離。
最是令人凄絕處，孤檠長夜雨來時。

還家未久又離家，日暮新愁分外加。
夾道萬株楊柳樹，望中都化斷腸花[1]。

從來一別又經年，萬里長風送客船。
我有一言應記取，文章得失不由天[2]。

謀生无奈日宾士，有弟偏教各别离。
最是令人凄绝处，孤檠长夜雨来时。

还家未久又离家，日暮新愁分外加。
夹道万株杨柳树，望中都化断肠花[1]。

从来一别又经年，万里长风送客船。
我有一言应记取，文章得失不由天[2]。

---

1 斷腸花 —— 引自《采蘭雜誌》："昔有婦人懷人不見，恒灑淚於北牆之下。後灑處生草，其花甚媚，色如婦面，其葉正綠反紅，秋開，名曰斷腸花，即今秋海棠也。"

2 "文章"不僅指寫作，也具有整個人生事業的深刻內涵。這句是說人生事業的成功不能依賴天命而要靠自己的奮鬥。與英語格言"God helps those who help themselves"（自助者天助之）意思相通。

1 断肠花 —— 引自《采兰杂志》："昔有妇人怀人不见，恒洒泪於北墙之下。後洒处生草，其花甚媚，色如妇面，其叶正绿反红，秋开，名曰断肠花，即今秋海棠也。"

2 "文章"不仅指写作，也具有整个人生事业的深刻内涵。这句是说人生事业的成功不能依赖天命而要靠自己的奋斗。与英语格言"God helps those who help themselves"（自助者天助之）意思相通。

Poems in the Classical Style

Three Poems for Farewell to My Brothers

For making a living I have to rush around every day,

I have brothers but parted from each other far away.

The most miserable and hard for me to sustain,

The long night with lonely lamp and chilly rain.

Shortly after I'm back I leave home again,

New sorrows with nightfall and more homesick pain,

Rows of thousands willow trees along the street,

In my longing eyes all turn to sad flowers of broken-heart of sea

Another year since our last parting has past,

For ten thousand of miles wind sees off my boat.

I have one word for you to remember by heart,

Successful writing does not on Heaven owned.

（1900.3.）

蓮蓬人（1900 年）

芰裳[1]荇帶[2]處仙鄉，風定猶聞碧玉香。

鷺影不來秋瑟瑟，葦花伴宿露瀼瀼[3]。

掃除膩粉呈風骨，褪卻紅衣學淡妝。

好向濂溪[4]稱淨植，莫隨殘葉墮寒塘！

芰裳[1]荇帶[2]处仙乡，风定犹闻碧玉香。

鹭影不来秋瑟瑟，苇花伴宿露瀼瀼[3]。

扫除腻粉呈风骨，褪却红衣学淡妆。

好向濂溪[4]称净植，莫随残叶堕寒塘！

1　芰裳 —— 芰（ji）菱。屈原《離騷》："制芰荷以爲衣兮，集芙蓉（荷花）以爲裳。"
2　荇帶 —— 荇（xing）水草。杜甫《曲江對雨》："水荇牽風翠帶長。"
3　瀼瀼 ——（rángráng）形容露水濃。
4　濂溪 —— 宋朝周敦頤住在濂溪（今湖南道縣），人稱作"濂溪先生"。他作有著名的《愛蓮說》。

1　芰裳 —— 芰（ji）菱。屈原《离骚》："制芰荷以为衣兮，集芙蓉（荷花）以为裳。"
2　荇带 —— 荇（xing）水草。杜甫《曲江对雨》："水荇牵风翠带长。"
3　瀼瀼 ——（rángráng）形容露水浓。
4　濂溪 —— 宋朝周敦颐住在濂溪（今湖南道县），人称作"濂溪先生"。他作有著名的《爱莲说》。

Lotus Seedpod

Water chestnut dress, floating grass belt, growing in fairyland,

Even the breeze may cease, lingering your fragrance of jade.

Aigrets disappear and autumn wind whistling around,

Flowers of reed in bloom, dew drops for the night added.

Clearing away flaring makeup, your pureness and grace found,

Taking off the red clothes, your simplicity and grace displayed.

Firm and still like Lianxi's saying, you upright stand ,

With withered leaves falling into cold pond never lapse.

（Autumn 1900.）

庚子送灶即事（1901 年 2 月 11 日）

只雞膠牙糖，典衣供瓣香。

家中無長物，豈獨少黃羊[1]！

只鸡胶牙糖，典衣供瓣香。

家中无长物，岂独少黄羊[1]！

1　黃羊 —— 據《後漢書·陰識傳》："宣帝時陰子方者，至孝有仁恩。臘日晨炊而灶神形見，子方再拜受慶；家有黃羊，因以祀之。自是已（以）後，暴至巨富……故後常以臘日祀灶而薦黃羊焉。"魯迅這裡用典，只是說明祭灶風俗，並非祈求什麼。

1　黄羊 —— 据《後汉书·阴识传》："宣帝时阴子方者，至孝有仁恩。腊日晨炊而灶神形见，子方再拜受庆；家有黄羊，因以祀之。自是已（以）後，暴至巨富……故後常以腊日祀灶而荐黄羊焉。"鲁迅这里用典，只是说明祭灶风俗，并非祈求什麼。

On Sacrifice to Kitchen God

（the 23rd of Dec. of the lunar year 1901）

A chicken, and the candy malt to share,

For the joss sticks pawning clothes and coat,

In the house nothing more valuable to spare,

How could only lack the tribute of the goat

（1900.2.11.）

祭書神文 (1901 年 2 月 18 日)

　　上章困敦之歲，賈子[1]祭詩之夕，會稽戛劍生[2]等謹以寒泉冷華，祀書神長恩[3]，而綴之以俚詞曰：

　　今之夕兮除夕，香煙絪縕兮燭焰赤。

　　錢神醉兮錢奴忙，君獨何為兮守殘籍？

　　華筵開兮臘酒香，更點點兮夜長。

　　人喧呼兮入醉鄉，誰薦君兮一觴[4]。

　　上章困敦之岁，贾子[1]祭诗之夕，会稽戛剑生[2]等谨以寒泉冷华，祀书神长恩[3]，而缀之以俚词曰：

　　今之夕兮除夕，香烟絪縕兮烛焰赤。

　　钱神醉兮钱奴忙，君独何为兮守残籍？

　　华筵开兮腊酒香，更点点兮夜长。

　　人喧呼兮入醉乡，谁荐君兮一觞[4]。

1　賈子 —— 指唐朝的詩人賈島。
2　戛劍生 —— 魯迅筆名。
3　長恩 —— 明代《致虛閣雜組》："司書鬼曰長恩，除夕呼其名而祭之，鼠不敢齧，蠹蟲不生。"
4　一觴 —— 一杯酒。

1　贾子 —— 指唐朝的诗人贾岛。
2　戛剑生 —— 鲁迅笔名。
3　长恩 —— 明代《致虚阁杂组》："司书鬼曰长恩，除夕呼其名而祭之，鼠不敢啮，蠹虫不生。"
4　一觞 —— 一杯酒。

Offer Sacrifice to Book God

On Chinese lunar new year's eve of 1901, I, Jia Jiansheng of Shaoxing, would like to offer Chang'en, the Book God with cold spring water as wine and icy flowers as fruits, and accompanied with my rustic poem as the following:

On the New Year's eve, curling up of incense, light bright candle,

Why do you guard the worn books alone stand.

While the moneygrubbers busy,the Money God drunken ?

The feast 's on, wine fragrant, toll after toll long night's darken.

Ablare and stoned, yet who will offer thee one cup of wine?

絕交阿堵[1]兮尚剩殘書，把酒大呼兮君臨我居。
緗旗[2]兮芸輿[3]，挈脈望[4]兮駕蠹魚[5]。
寒泉兮菊蒩，狂誦《離騷》兮爲君娛。
君之來兮毋徐徐，君友漆妃[6]兮管城候[7]。
向筆海而嘯傲兮，倚文塚以淹留。
不妨導脈望[8]而登仙兮，引蠹魚之來遊。

絕交阿堵[1]兮尚剩殘書，把酒大呼兮君臨我居。
緗旗[2]兮芸輿[3]，挈脈望[4]兮駕蠹魚[5]。
寒泉兮菊蒩，狂誦《離騷》兮為君娛。
君之來兮毋徐徐，君友漆妃[6]兮管城候[7]。
向筆海而嘯傲兮，倚文塚以淹留。
不妨導脈望[8]而登仙兮，引蠹魚之來游。

1　阿堵 —— 錢的代稱。
2　緗旗 —— 淺黃色的旗子。
3　芸輿 —— 芸草編成的迎接書神的車子。
4　脈望 —— 傳說中一種食字的仙蟲。
5　蠹魚 —— 一種銀白色的蛀書蟲。書神用蠹魚駕車。
6　漆妃 —— 墨的別稱。
7　管城侯 —— 韓愈《毛穎傳》說秦始皇封筆爲管城子。
8　脈望 —— 唐段成式《酋陽雜俎》："蠹蟲三食神仙字，則化爲此（脈望）。"

1　阿堵 —— 錢的代稱。
2　緗旗 —— 淺黃色的旗子。
3　芸輿 —— 芸草編成的迎接書神的車子。
4　脈望 —— 傳說中一種食字的仙蟲。
5　蠹魚 —— 一種銀白色的蛀書蟲。書神用蠹魚駕車。
6　漆妃 —— 墨的別稱。
7　管城侯 —— 韓愈《毛穎傳》說秦始皇封筆為管城子。
8　脈望 —— 唐段成式《酋陽雜俎》："蠹蟲三食神仙字，則化為此（脈望）。"

Broken with Ahdu, worn books are still mine,

　welcome to my home, holding the cups high.

Rue woven carriages ,with yellow silk banners rushing,

　drawn by silverfish Maiwang you are proudly coming.

Cold spring water and chrysanthemum as my donation,

　chanting Lisao loudly for your contribution .

Bring Lady Ink and Guancheng, the Marquis Brush, do not linger,.

Roam in the sea of writing with holy chants, me the singer,

　not to leave too soon from the letters' tumulus ground.

May we drive Maiwang to step on the fairyland about,

To lead the silverfish for swimming and roaming around.

俗丁儈父[1]兮爲君仇，毋使履閾兮增君羞。

若弗聽兮止以吳鉤[2]，示之《丘》《索》[3]兮棘其喉[4]。

令管城脫穎以出兮，使彼惙惙以心憂。

寧招書癖兮來詩囚，君爲我守兮樂未休。

他年芹茂而樨香[5]兮，購異籍以相酬。

俗丁儈父[1]兮为君仇，毋使履阈兮增君羞。

若弗听兮止以吴钩[2]，示之《丘》《索》[3]兮棘其喉[4]。

令管城脱颖以出兮，使彼惙惙以心忧。

宁招书癖兮来诗囚，君为我守兮乐未休。

他年芹茂而樨香[5]兮，购异籍以相酬。

---

1 儈父 —— 卑鄙小人。
2 吳鉤 —— 古時候一種彎形的刀。
3 《丘》《索》 —— 古書名。
4 棘其喉 —— 拿古書給這些錢奴看，這些俗子讀不出來就猶如有刺紮在喉嚨裡一樣難受。
5 芹茂樨香 —— 古時諸侯的學宮稱爲泮宮，泮宮有水稱泮水，泮水生芹藻。芹茂指芹藻茂盛，比喻入泮考中秀才。樨指木樨，即桂花。古時考中登科爲折桂。樨香指考中舉人。

1 儈父 —— 卑鄙小人。
2 吴钩 —— 古时候一种弯形的刀。
3 《丘》《索》 —— 古书名。
4 棘其喉 —— 拿古书给这些钱奴看，这些俗子读不出来就犹如有刺扎在喉咙里一样难受。
5 芹茂樨香 —— 古时诸侯的学宫称为泮宫，泮宫有水称泮水，泮水生芹藻。芹茂指芹藻茂盛，比喻入泮考中秀才。樨指木樨，即桂花。古时考中登科为折桂。樨香指考中举人。

Those abominable vulgar and gay,

Their stepping in my door to bother you will be in vain.

I will stop them with a Wu simitar, if they dare to defy,

Choke them with the reading of Qiu and Suo they can't reply，

Call Marquis Brush Guancheng coming and ask them to write,

So we 'll see the fools' worry and their fear to inscribe .

I would rather the book addicts and poem prisoners invite,

　and your guard of me will make us happy all the time.

When float grass flourish and laurel trees fragrant,

Some rare books in return to you I will offer and present.

February 18，1901

別諸弟三首（辛醜二月 並跋 1901 年）

夢魂常向故鄉馳，始信人間苦別離。
夜半倚床憶諸弟，殘燈如豆月明時。

日暮舟停老圃家[1]，棘籬繞屋樹交加。
悵然回憶家鄉樂，抱甕何時更養花？

春風容易送韶年[2]，一棹[3]煙波夜駛船。
何事脊令[4]偏傲我，時隨帆頂過長天！

梦魂常向故乡驰，始信人间苦别离。
夜半倚床忆诸弟，残灯如豆月明时。

日暮舟停老圃家[1]，棘篱绕屋树交加。
怅然回忆家乡乐，抱瓮何时更养花？

春风容易送韶年[2]，一棹[3]烟波夜驶船。
何事脊令[4]偏傲我，时随帆顶过长天！

---

1 老圃 —— 種菜的老農。
2 韶年 —— 青年時代。
3 棹 ——（zhào）船槳。
4 脊令 —— 水鳥名。古時人們以脊令比喻兄弟。

[1] 老圃 —— 种菜的老农。
[2] 韶年 —— 青年时代。
[3] 棹 ——（zhào）船桨。
[4] 脊令 —— 水鸟名。古时人们以脊令比喻兄弟。

Three Poems of Farewell to My Brothers

I fly often in my dream to my homeland,
Then I believe parting is hard to bear and stand.
I lean abed missing my brothers at midnight,
Under the moon like remnant a bean candlelight.

Our boat moors by the old farmer's door at sundown,
Joint branches of trees, fences of hedges around,.
Sadly I recall the happy memories at home I remain,
Wondering when with my earthen pot shall I raise flowers again?

Spring breeze easily the youthful years blows away,
The night boat is waving in the misty river on my way.
Why the wagtails proudly flaunting and passing by,
Time and again with sail of my boat crossing broad sky!

（1901.4）

惜花四律 步湘州藏春主人元韻（1901 年）

鳥啼鈴語夢常縈，閑立花陰盼嫩晴[1]。

怵目飛紅隨蝶舞，關心茸碧[2]繞階生。

天於絕代[3]偏多妒，時至將離[4]倍有情。

.最是令人愁不解，四簷疏雨送秋聲。

鸟啼铃语梦常萦， 闲立花阴盼嫩晴[1]。

怵目飞红随蝶舞， 关心茸碧[2]绕阶生。

天於绝代[3]偏多妒， 时至将离[4]倍有情。

最是令人愁不解， 四檐疏雨送秋声。

---

1 嫩晴 —— 雨後初晴。
2 茸碧 —— 新生的細草。
3 絕代 —— 絕代佳人。這裡指牡丹花，春末花開且花期短暫，故說天嫉妒它。
4 將離 —— 指芍藥花。芍藥花夏初開花且花期長，所以感到加倍有情。

1 嫩晴 —— 雨後初晴。
2 茸碧 —— 新生的细草。
3 绝代 —— 绝代佳人。这里指牡丹花，春末花开且花期短暂，故说天嫉妒它。
4 将离 —— 指芍药花。芍药花夏初开花且花期长，所以感到加倍有情。

Four Poems of Fondness of flowers

Singing birds and jingling bells echo in my dream

Leisurely I stand in shadow of flowers longing for the sunny beam.

The red petals flying with butterflies strike my eyes,

The tender green grasses around steps ease my mind.

The peerless beauty of spring always the jealousy of heaven causes

Yet peonies bloom in summer season are the favors and cossets.

What worry me most and cause my sighing and sorrow deep

With autumn wind soughing, sparse drizzle pattering on eaves.

劇憐[1]常逐柳綿飄，金屋何時貯阿嬌[2]。
微雨欲來勤插棘，薰風有意不鳴條[3]。
莫教夕照催長笛，且踏春陽過板橋。
祇恐新秋歸塞雁，蘭艭[4]載酒櫓輕搖。

細雨輕寒二月時，不緣紅豆始相思[5]。
墮裀印屐[6]增惆悵，插竹編籬好護持。

剧怜[1]常逐柳绵飘，金屋何时贮阿娇[2]。
微雨欲来勤插棘，薰风有意不鸣条[3]。
莫教夕照催长笛，且踏春阳过板桥。
祇恐新秋归塞雁，兰艭[4]载酒橹轻摇。

细雨轻寒二月时，不缘红豆始相思[5]。
墮裀印屐[6]增惆怅，插竹编篱好护持。

---

1 劇憐 —— 非常憐惜。
2 阿嬌 —— 漢武帝的陳皇后的小名。"金屋貯阿嬌"原指使漂泊的女
　子得到歸宿，這裡是說保護好花，不要讓它們凋謝飄零。
3 鳴條 —— 風吹動枝條發出的聲音。不鳴條指微風。
4 蘭艭 ——（shuāng）用木蘭樹做的小船。
5　不緣紅豆始相思 —— 在春天的細雨微風中想去看花是自然的，
　　並不是因為紅豆的原因。
6 墮裀印屐 —— 裀：（yīn）褥子；屐：（jī）木屐，木制的鞋。這
　句是說花落時有的落在了裀褥上被人珍惜，有的落到了泥土裡
　被人踐踏，形容人的境遇不同。

1 剧怜 —— 非常怜惜。
2 阿娇 —— 汉武帝的陈皇后的小名。"金屋贮阿娇"原指使漂泊的女
　子得到归宿，这里是说保护好花，不要让它们凋谢飘零。
3 鸣条 —— 风吹动枝条发出的声音。不鸣条指微风。
4 兰艭 ——（shuāng）用木兰树做的小船。
5 不缘红豆始相思 —— 在春天的细雨微风中想去看花是自然的，并
　　不是因为红豆的原因。
6 墮裀印屐 —— 裀：（（yīn）褥子；屐：（jī）木屐，木制的鞋。
　　这句是说花落时有的落在了裀褥上被人珍惜，有的落到了泥土
　　里被人践踏，形容人的境遇不同。

Sympathy for the fallen flowers with the willow floss' flotation,

When can I build golden chamber for the fair beauties protection?

Before the light rain the thorny hedges and fence prepare,

Warm south wind willingly not to whistle the twigs so fair.

Not to hasten the melody of the long flute with the dusky ray.

Step in the spring sunshine crossing the wooden bridge of the lane.

Only for fearing the wild geese return in one early autumn day,

With wine on board the magnolia boat gently I row and sway.

Drizzling in February with days of slight cold,

Not because of red beans I miss the flowers on show.

Seeing petals sadly crushed by pattens or falling on cushions,

I plug bamboo canes to make a fence for their protection

慰我素心[1]香襲袖，撩人藍尾[2]酒盈卮。
奈何無賴春風至，深院荼蘼[3]已滿枝。

繁英[4]繞甸競呈妍，葉底閑看蛺蝶眠。
室外獨留滋卉地，年來幸得養花天[5]。
文禽[6]共惜春將去，秀野欣逢紅欲然[7]。
戲仿唐宮護佳種，金鈴輕綰[8]赤闌邊。

慰我素心[1]香襲袖，撩人藍尾[2]酒盈卮。
奈何无賴春風至，深院荼蘼[3]已滿枝。

繁英[4]繞甸竞呈妍，叶底閑看蛺蝶眠。
室外独留滋卉地，年来幸得養花天[5]。
文禽[6]共惜春將去，秀野欣逢紅欲然[7]。
戏仿唐宮护佳种，金铃轻绾[8]赤闌边。

1　素心 —— 本心。也指素心花。
2　藍尾 —— 又叫婪尾春，即芍藥花。藍尾酒爲輪流喝酒輪到最後一個喝的酒。
3　荼蘼 —— 薔薇科花名，夏季開花。
4　繁英 —— 繁花。
5　養花天 —— 春天微雨天氣。
6　文禽 —— 有文采的鳥。
7　紅欲然 —— 紅花像燃燒的火一樣。
8　金鈴輕綰 —— 綰：（wǎn）系住。古人用細絲繩綴金鈴於花梢之上趕鳥。

1　素心 —— 本心。也指素心花。
2　藍尾 —— 又叫婪尾春，即芍藥花。藍尾酒为轮流喝酒轮到最後一个喝的酒。
3　荼蘼 —— 薔薇科花名，夏季开花。
4　繁英 —— 繁花。
5　养花天 —— 春天微雨天气。
6　文禽 —— 有文采的鳥。
7　紅欲然 —— 紅花像燃烧的火一样。
8　金铃轻绾 —— 绾：（wǎn）系住。古人用细丝绳缀金铃於花梢之上赶鳥。

Fragrance of orchid consoling my heart and soaked in my sleeves

Mellow peony of wine filled in goblet spreading my spiritual sea

What shall we do with the blowing of mischievous spring breeze,

Bramble flowers full of branches in blossom the courtyard deep.

Flowers competing for beauty in full bloom around the fields,

I watch leisurely the sleeping butterflies the leaves beneath.

For cultivating flowers plot outside the room is prepared,

Luckily we have good weather this year to grow flowers and share.

Beautiful birds all feel sorrow for the departure of spring days,

Yet everywhere the land is blooming with red flowers in flame,

I learn the skills from Tang palace to protect the specimen rare,

Golden bells are gently fastened to the red railing with care.

（1901）

自題小像（1901 年）

靈台¹無計逃神矢，風雨如盤闇故園。
寄意寒星荃不察，我以我血薦軒轅²！

灵台¹无计逃神矢，风雨如盘闇故园。
寄意寒星荃不察，我以我血荐轩辕²！

Inscription on My Photo

The arrows of Cupid my heart can never escape,
Wind and storm dimmed my motherland like a heavy stone.
I send my prays for my people to the chilly stars in vain,
All my blood is willing to be shed for my country and home.

（1901）

---

1 靈台 —— 指心。出自《莊子 庚桑楚》："不可內（納）於靈台。"
　郭象注："靈台者，心也。"
2 軒轅 —— 皇帝稱軒轅氏。由於我國的歷史書《史記》是從皇帝開始的，所以也用軒轅指祖國，含有推翻清王朝的封建統治的精神在內。
1 靈台 —— 指心。出自《莊子 庚桑楚》："不可內（納）於靈台。"
　郭象注："靈台者，心也。"
2 軒轅 —— 皇帝稱軒轅氏。由於我國的歷史書《史記》是從皇帝開始的，所以也用軒轅指祖國，含有推翻清王朝的封建統治的精神在內。

《月界旅行》回末詩創作 13 對句（1903 年）

13 Couplets at the End of Chapters in *Surround the Moon*

一、壯士不甘空歲月，
　　秋鴻何事下庭除。

一、壮士不甘空岁月，
　　秋鸿何事下庭除。

Heroes are not willing the time of youth to fool away,
For what descent autumn swan geese by the front gate.

二、莫問廣寒在何許，
　　據壇雄辯已驚神！

二、莫问广寒在何许，
　　据坛雄辩已惊神！

Don't ask where the Guanhan Palace situates far from,
God is already shocked by the eloquent speech on platform!

三、天人決戰，人定勝天。
　　人鑒不遠，天將何言！

三、天人决战，人定胜天。
　　人鉴不远，天将何言！

To fight against the destiny, wins Man's determination.
His judgment will soon prove, what will Heaven demonstration!

四、吳質[1]不眠倚桂樹，
　　泉明[2]無計覓桃源。

四、吴质[1]不眠倚桂树，
　　泉明[2]无计觅桃源。

Wu Gang leans on the cherry bay for sleep in vain,
To find the Peach Garden's origin Quan Ming has no way.

五、啾啾蟪蛄，寧知春秋！
　　惟大哲士，乃逍遙遊。

五、啾啾蟪蛄，宁知春秋！
　　惟大哲士，乃逍遥游。

Chirping cicada, it does know the seasons turned,
Great sage only, his mind is grand for travelling to world.

1　吳質 —— 即吳剛。此句出自唐朝詩人李賀的《李憑箜篌引》、魯迅這裡是借用。
2　泉明 —— 指晉代陶淵明。著有《桃花源記》等作品。魯迅曾對他評價說"陶潛正因為並非渾身是'靜穆'，所以他偉大"。

1　吴质 —— 即吴刚。此句出自唐朝诗人李贺的《李凭箜篌引》、魯迅这里是借用。
2　泉明 —— 指晋代陶渊明。著有《桃花源记》等作品。鲁迅曾对他评价说"陶潜正因为并非浑身是'静穆'，所以他伟大"。

六、心血爲爐熔黑鐵，
　　雄風和雨暗青林。

六、心血为炉熔黑铁，
　　雄风和雨暗青林。

Furnace melts the iron black with painstaking great.
Green forests darkened by powerful rainstorm and gale .

七、幸逢賓主皆傾蓋[1]，
　　獨悟天人一振衣[2]。

七、幸逢宾主皆倾盖[1]，
　　独悟天人一振衣[2]。

Luckily the host and guest meet with happy agreement,
They explore the rules of heaven and ready for the involvement.

八、天則不仁，四時攸異，
　　盲譚改良，聊且快意！

八、天则不仁，四时攸异，
　　盲谭改良，聊且快意！

With different seasons, the world is not perfect and fair,
Talk blindly of innovation with rejoice even if only a blare!

---

1 傾蓋 —— 指途中相遇，停車交談，雙方車蓋往一起傾斜。形容
　一見如故或偶然的接觸。
2 振衣 —— 抖衣去塵，整衣。《楚辭・漁父》：“新沐者必彈冠，
　新浴者必振衣。”王逸注：“去塵穢也。”常用來比喻將欲出仕。

1 倾盖 —— 指途中相遇，停车交谈，双方车盖往一起倾斜。形容一
　见如故或偶然的接触。
2 振衣 —— 抖衣去尘，整衣。《楚辞・渔父》：“新沐者必弹冠，
　新浴者必振衣。”王逸注：“去尘秽也。”常用来比喻将欲出仕。

九、硝藥影中灰大業，
　　暗雲堆裡泣雄魂。

九、硝药影中灰大业，
　　暗云堆里泣雄魂。

The great cause turns to ashes in the gun powder shadow,
Among dark clouds the heroic souls weep with sobs and sorrow.

十、賴有蓮花舌，仇消談笑間。
　　獨憐麥壯士，從此慘朱顏。

十、赖有莲花舌，仇消谈笑间。
　　独怜麦壮士，从此惨朱颜。

Thanks to the eloquent tongue, hatred melted among the laughter,
With shame and the face is lost ,the only pitiful is Mai the fighter.

十一、俠士熱心爐宇宙，
　　　明君折節禮英雄。

十一、侠士热心炉宇宙，
　　　明君折节礼英雄。

The chivalrous venture the universe with passion,
The intelligent admire the heroes with adoration.

十二、譚天騶衍[1]原非妄，
　　　機械終難敵慧觀。

十二、谭天驺衍[1]原非妄，
　　　机械终难敌慧观。

Zou Yan's talking about the universe is not absurd,
Mechanics can't compete against man's intelligent research.

十三、咄爾旁觀，倉皇遍野；
　　　而彼三俠，泠然善也！

十三、咄尔旁观，仓皇遍野；
　　　而彼三侠，泠然善也！

Astonished and scattered about are the bystanders,
While calm and cool, looked the three warriors.

---

1 騶衍 ── （約前 305-前 240）"騶"亦作"鄒"。戰國時哲學家，陰陽家的代表人物。成語：鄒衍談天。比喻善辯。鄒，通"騶"。出自《史記・孟子荀卿列傳》："騶衍之術迂大而閎辯；奭也文具難施……故齊人頌曰：'談天衍，雕龍奭。'"

1 驺衍 ── （约前 305-前 240）"驺"亦作"邹"。战国时哲学家，阴阳家的代表人物。成语：邹衍谈天。比喻善辩。邹，通"驺"。出自《史记・孟子荀卿列传》："驺衍之术迂大而闳辩；奭也文具难施……故齐人颂曰：'谈天衍，雕龙奭。'"

戰哉歌[1]

戰哉!此戰場偉大而莊嚴兮,

爾何爲遺爾友而生還兮?

爾生還兮蒙大恥,爾母笞[2]爾兮死則止!

战哉歌[1]

战哉!此战场伟大而庄严兮,

尔何为遗尔友而生还兮?

尔生还兮蒙大耻, 尔母笞[2]尔兮死则止!

---

1 最初發表於 1903 年 6 月《浙江潮》月刊魯迅的《斯巴達之魂》,
　後被收入《魯迅全集》。
2 笞 —— (chī)擊,用鞭、杖、竹板抽打。

1 最初发表於 1903 年 6 月《浙江潮》月刊鲁迅的《斯巴达之魂》,
　後被收入《鲁迅全集》。
2 笞 —— (chī)击,用鞭、杖、竹板抽打。

The Song of Fight

Fight! grandeur and solemn is the battlefield.

Why did you abandon your friends and alone survive?

You are alive but yourself disgraced indeed,

Mother would rather you to fight, to the end of the life!

進兮歌[1]

·進兮進兮偉丈夫！日居月諸浩遷徂[2]。
　葛弗[3]大嘯上征途，努力不爲天所奴！
　瀝血奮鬥紅模糊，
　迅雷震首，我心驚栗乎？
　迷陽[4]棘足，我行卻曲乎？
　戰天而敗神不瘝，意氣須學撒旦[5]粗！
　籲嗟乎！
　爾曹胡爲彷徨而踟躇？　嗚呼！

　进兮进兮伟丈夫！日居月诸浩迁徂[2]。
　葛弗[3]大啸上征途，努力不为天所奴！
　沥血奋斗红模糊，
　迅雷震首，我心惊栗乎？
　迷阳[4]棘足，我行却曲乎？
　战天而败神不瘝，意气须学撒旦[5]粗！
　吁嗟乎！
　尔曹胡为彷徨而踟躇？　呜呼！

1　此詩見於魯迅翻譯的法國凡爾納科幻小說《地底旅行》（1906
　年版）第六回末。原以爲是魯迅的譯詩，後來被證實出魯迅創
　作之詩。全詩的大意是：
2　日居月諸浩遷徂 ——　“居”、“諸”爲助詞，無義。浩遷徂：指大流
　失。全句爲：光陰大流失。　　　　　　3 葛弗 —— 何不。
　葛弗 —— 何不。
4　迷陽 —— 棘辭、有刺的植物。　　　　　5 撒旦 —— 魔鬼。

1　此诗见於鲁迅翻译的法国凡尔纳科幻小说《地底旅行》（1906
　年版）第六回末。原以为是鲁迅的译诗，後来被证实出鲁迅创
　作之诗。全诗的大意是：
2　日居月诸浩迁徂 —— “居”、“诸”为助词，无义。浩迁徂：指大流
　失。全句为：光阴大流失。　　　　　　3 葛弗 —— 何不。
4　迷阳 —— 棘辞、有刺的植物。　　　　　5 撒旦 —— 魔鬼。

The Song of Marching Forward

Forward! forward, you brave soldier!

Time flies, tides move billowing on with you fighter !

Why not go for the long march with shout and cry,

Try hard not to be the slaves of the fate and die!

Fighting with red blood shedding and trickling wide,

With flash thunder shock overhead, do you shiver and tremble?

When thorns sting your feet, do you twist your steps humble?

Even if we would be defeated, our spirit never yield,

like Satan our will is strong and never failed.

Alas, why should you still hesitate and move back ,

And your foot dragging and courages lack ?

哀范君三章[1]（1912 年）

風雨飄搖日[2]，餘懷範愛農。
華顛萎寥落[3]，白眼[4]看雞蟲[5]。
世味秋荼苦[6]，人間直道窮[7]。
奈何三月別，竟爾[8]失畸躬[9]！

风雨飘摇日[2]，馀怀范爱农。
华颠萎寥落[3]，白眼看鸡虫[6]。
世味秋荼苦[6]，人间直道穷[7]。
奈何三月别，竟尔[8]失畸躬[9]！

---

1 魯迅此首詩首次刊登在 1912 年 8 月 21 日的紹興《民興日報》
　上，原署名爲黃棘。1934 年修改後題爲《哭範愛農》編入《集
　外集》。
2 這裡指中國當時動盪的時局就像處在風雨飄搖之中一樣。
3 華顛 —— 顛：頭頂。華顛：頭髮花白。萎：枯萎。寥落：頭髮稀疏。
4 白眼：《晉書‧阮籍》：（阮籍）見禮俗之士，以白眼對之。
5 雞蟲：杜甫《縛雞行》：“雞蟲得失無了時，注目寒江倚山閣。”
　魯迅用“雞蟲”的諧音暗喻當時打擊排擠範愛蟲農的自由党人何
　幾仲。
6 荼苦 —— 荼：（tú）苦菜。《詩‧穀風》：“誰謂荼苦，其甘如薺。”
7 直道窮 —— 正直之人，不阿諛奉承有權勢的人故處處碰壁。
8 竟爾 —— 居然。
9 失畸躬 —— 畸（jī）：不合群、脫俗的,超群的人。畸躬：與世俗
　不合而合與正道之人。這裡指範愛農爲人正直而處處碰壁收人
　排擠打擊。

Three Stanzas of Mourning for Mr.Fan

I cherish the memory of Fang Ainong the windy and stormy day.

Glaring at the snobbish chicks and worms, sparse haired grey.

Like the sow-thistles in autumn, the world tastes bitter.

The upright and straight nowhere to go, only dead end to suffer.

Why for only three months parted and not seen and heard,

One unyielding man like you is forever under the earth!

1　鲁迅此首诗首次刊登在 1912 年 8 月 21 日的绍兴《民兴日报》
　　上，原署名为黄棘。1934 年修改後题为《哭范爱农》编入《集
　　外集》。
2　这里指中国当时动荡的时局就像处在风雨飘摇之中一样。
3　华颠 —— 颠：头顶。华颠：头发花白。薹：枯薹。寥落：头发稀疏。
4　白眼：《晋书·阮籍》：（阮籍）见礼俗之士，以白眼对之。
5　鸡虫：杜甫《缚鸡行》："鸡虫得失无了时，注目寒江倚山阁。"
　　鲁迅用"鸡虫"的谐音暗喻当时打击排挤范爱虫农的自由党人何
　　几仲。
6　荼苦 —— 荼：（tú）苦菜。《诗·谷风》："谁谓荼苦，其甘如荠。"
7　直道穷 —— 正直之人，不阿谀奉承有权势的人故处处碰壁。
8　竟尔 —— 居然。
9　失畸躬 —— 畸（jī）：不合群、脱俗的,超群的人。畸躬：与世俗
　　不合而合与正道之人。这里指范爱农为人正直而处处碰壁收人
　　排挤打击。

海草國門綠，多年老異鄉。
狐狸方去穴，桃偶已登場。
故里寒雲惡，炎天凜夜長。
獨沈清泠水，能否滌愁腸？

把酒論當世，先生小酒人[1]。
大圜[2]猶茗艼[3]，微醉自沉淪[4]。
此別成終古，從茲絕緒言。
故人[5]雲散盡，我亦等輕塵。

海草国门绿，多年老异乡。
狐狸方去穴，桃偶已登场。
故里寒云恶，炎天凛夜长。
独沈清泠水，能否涤愁肠？

把酒论当世，先生小酒人[1]。
大圜[2]犹茗艼[3]，微醉自沉沦[4]
此别成终古，从兹绝绪言。
故人[5]云散尽，我亦等轻尘。

　　我于愛農之死，爲之不怡累日，至今未能釋然。昨忽成詩三章，隨手寫之，而忽將雞蟲做入，真是奇絕妙絕，辟曆一聲，群小之大狼狽。今錄上，希大鑒定家鑒定，如不惡，乃可登諸《民興》也。天下雖未必仰望已久，然我亦能已於言乎？二十三日，樹又言。

---

1 小酒人 —— 看輕一味飲酒取樂的酒徒。
2 大圜 —— 指天。
3 茗艼 —— 同酩酊，指大醉。
4 微醉自沉淪 —— 自：自然。沉淪：這裡指範愛農的沉水自殺。
5 故人 —— 老朋友。

　　我于爱农之死，为之不怡累日，至今未能释然。昨忽成诗三章，随手写之，而忽将鸡虫做入，真是奇绝妙绝，辟历一声，群小之大狼狈。今录上，希大鉴定家鉴定，如不恶，乃可登诸《民兴》也。天下虽未必仰望已久，然我亦能已於言乎？二十三日，树又言。

Sea woods on the shore of the border turn green again,

For years you wandered in the foreign land and aged became.

Foxes just left their lairs, the peach-wood puppets jump in soon.

Cold clouds overcast hometown, summer night long and gloom.

Why do you drown yourself in the clear and cold water alone,

Does it wash away the grief and clean miserable mind and sorrow?

A cup of wine in hand to comment on the times and tides,

Remember that you always the alcoholic and drunkards despise.

In a state of chaos and boozy everywhere around,

You only slightly tipsy and willingly you sunk and drowned.

One old friend like you lost like the clouds dispersed,

And I also will be a tiny dust and go to disappeared!

（1912）

---

1 小酒人 —— 看轻一味饮酒取乐的酒徒。

2 大圜 —— 指天。

3 茗芋 —— 同酩酊，指大醉。

4 微醉自沉沦 —— 自：自然。沉沦：这里指范爱农的沉水自杀。

5 故人 —— 老朋友。

我的失戀[1]

—— 擬古的新打油詩（1924）

我的所愛在山腰；

想去看她山太高，

低頭無法淚沾袍。

愛人贈我百蝶巾；

回她什麼？貓頭鷹。

從此翻臉不理我，

不知何故兮使我心驚。

我的所愛在山腰；

想去看她山太高，

低头无法泪沾袍。

---

1 《我的失戀》的創作是針對當時文壇上盛行的"哎呦喂，我要死了"的失戀詩而創作的。魯迅此詩是用來諷刺那些扭捏作態的戀愛詩的，也是用來警示當時的青年人。

1 《我的失恋》的创作是针对当时文坛上盛行的"哎呦喂，我要死了"的失恋诗而创作的。鲁迅此诗是用来讽刺那些扭捏作态的恋爱诗的，也是用来警示当时的青年人。

愛人贈我百蝶巾；

回她什麼？猫头鹰。

从此翻脸不理我，

不知何故兮使我心惊。

My Lost Love[1]

（archaistic doggerel）

My love lives on the mountainside,

I want to see her but the mountain too high,

With lowered head and tear-stained gown of mine.

My love presents me with a hankerchief of her all,

With embroidered hundred of butterflies;

What shall I give her in return? —— an owl .

Since then she falls away and goes-by ,

I'm frightened and I don't know why.

---

1 Lu Xun wrote this humorous doggerel poem to ridicule and satirize the prevailing poems of love which stroke attitudes at his time, such as "oh, I 'm going to die".

我的所愛在鬧市；
想去尋她人擁擠，
仰頭無法淚沾耳。
愛人贈我雙燕圖；
回她什麼：冰糖葫蘆。
從此翻臉不理我，
不知何故兮使我糊塗。

我的所愛在闹市；
想去寻她人拥挤，
仰头无法泪沾耳。
爱人赠我双燕图；
回她什麽：冰糖葫芦。
从此翻脸不理我，
不知何故兮使我糊涂。

My love lives in the busy town,

I want to see her but too much a crowd

With upward face and tear-stained ears but no way to go.

My love presents me with a picture of double- swallow.

What shall I give her in return? —— sweetmeats gourd ice frozen.

Since then she falls away and goes-by,

I'm confused and I don't know why.

我的所愛在河濱；
想去尋她河水深，
歪頭無法淚沾襟。
愛人贈我金表索；
回她什麼：發汗藥。
從此翻臉不理我，
不知何故兮使我神經衰弱。

我的所爱在河滨；
想去寻她河水深，
歪头无法泪沾襟。
爱人赠我金表索；
回她什麼：发汗药。
从此翻脸不理我，
不知何故兮使我神经衰弱。

My love lives on a river shore,
I want to see her but the water too deep and broad,
With tilted head and tear-stained garment front ,no any thought,
My love presents me with a gold watch chain;
What shall I give her in return? —— sudatory the medicine.
Since then she falls away and goes-by,
I'm crack-up and I don't know why.

我的所愛在豪家；
想去尋她兮沒有汽車，
搖頭無法淚如麻。
愛人贈我玫瑰花；
回她什麼：赤練蛇。
從此翻臉不理我，
不知何故兮 —— 由她去吧。
　　　　　　1924.10.3.

我的所愛在豪家；
想去尋她兮沒有汽车，
搖头无法泪如麻。
爱人赠我玫瑰花；
回她什麼：赤练蛇。
从此翻脸不理我，
不知何故兮 —— 由她去吧。
　　　　　　1924.10.3.

My love lives in a grand villa away far,

I want to see her but have no car,

Pouring tears like sea , with my head's shake,

My love gives me rose sweet and shows grace;

What shall I give her in return? —— rainbow snake.

Since then she falls away and goes-by,

I don't know why and let her do as she likes.

（1924）

替豆萁伸冤（1925年）

煮豆燃豆萁，萁在釜下泣 ——
我燼你熟了，正好辦教席！

煮豆燃豆萁，萁在釜下泣 ——
我燼你熟了，正好辦教席！

Appeal for the Beanstalks

To burn the beanstalk for boiling the beans,

The beanstalk sobbed and wept underneath.

When I burned to ashes you are just right,

Be ready for teachers' banquet in good time .

（1925）

劍鑄歌三首[1]（1926 年 10 月作）

（1）[2]

哈哈愛兮愛乎愛乎！
愛青劍兮一個仇人自屠[3]。
夥頤連翩兮多少一夫[4]。
一夫愛青劍兮嗚呼不孤。
頭換頭兮兩個仇人自屠[5]。
一夫則無[6]兮愛乎嗚呼！
愛乎嗚呼兮嗚呼阿呼，
阿呼嗚呼兮嗚呼嗚呼！

哈哈愛兮愛乎愛乎！
愛青劍兮一个仇人自屠。
夥頤连翩兮多少一夫。
一夫愛青剑兮呜呼不孤。
头换头兮两个仇人自屠。
一夫则无兮愛乎呜呼！
愛乎呜呼兮呜呼阿呼，
阿呼呜呼兮呜呼呜呼！

---

1 魯迅在 1936 年 3 月 28 日給日本友人增田涉的信中說："在《鑄劍》裡，我以爲沒有什麼難懂的地方。但要注意的，是那裡面的歌，意思都不明顯，因爲是奇怪的人和頭顱唱出來的歌，我們這種普通人是難以理解的。"
2 第一首歌爲宴之敖者所唱。
3 青劍爲魯迅《鑄劍》中描寫的雌雄雙劍。"一個仇人自屠"指楚王的仇人眉間尺自殺。
4 這句是說暴君多得接連不斷，而暴君愛青劍的已不至一個。夥頤：多啊。連翩：連續不斷。
5 兩個仇人自屠 —— 指指眉間尺和宴之敖者兩人先後自殺。
6 一夫則無 —— 指楚王被殺。

Three Songs of Sword Founding

（1）

Haha love, oh love, oh love!

For love of the blue sword, one foe his head off cuts.

The tyrants are many, they are not only one.

Not only one tyrant the blue sword loves

A head for a head, two foes their heads off cut.

The tyrant then is gone, oh love, woo hoo!

Oh love, woo hoo, woo hoo, ah hoo

Ah hoo, woo hoo, woo hoo, woo hoo!

---

1 鲁迅在 1936 年 3 月 28 日给日本友人增田涉的信中说："在《铸剑》里，我以为没有什麽难懂的地方。但要注意的，是那里面的歌，意思都不明显，因为是奇怪的人和头颅唱出来的歌，我们这种普通人是难以理解的。"

2 第一首歌为宴之敖者所唱。

3 青剑为鲁迅《铸剑》中描写的雌雄双剑。"一个仇人自屠"指楚王的仇人眉间尺自杀。

4 这句是说暴君多得接连不断，而暴君爱青剑的已不至一个。夥颐：多啊。连翩：连续不断。

5 两个仇人自屠 —— 指指眉间尺和宴之敖者两人先後自杀。

6 一夫则无 —— 指楚王被杀。

（2）[1]

哈哈愛兮愛乎愛乎！
愛兮血兮兮誰乎獨無。
民萌冥行兮一夫壺盧[2]。
彼用百頭顱，千頭顱兮用萬頭顱！
我用一頭顱兮而無萬夫。
愛一頭顱兮血乎嗚呼！
血乎嗚呼兮嗚呼阿呼，
阿呼嗚呼兮嗚呼嗚呼！

哈哈愛兮愛乎愛乎！
愛兮血兮兮谁乎独无。
民萌冥行兮一夫壶卢[2]。
彼用百头颅，千头颅兮用万头颅！
我用一头颅兮而无万夫。
爱一头颅兮血乎呜呼！
血乎呜呼兮呜呼阿呼，
阿呼呜呼兮呜呼呜呼！

---

1 第二首也爲宴之敖者所唱。
2 此句中，民萌：老百姓。冥行：黑暗中摸索行進。壺盧：大笑。

1 第二首也为宴之敖者所唱。
2 此句中，民萌：老百姓。冥行：黑暗中摸索行进。壶卢：大笑。

（2）

Haha love, oh love, oh love!

Oh love, oh blood, who has not only his own blood.

Oh the tyrant laughs，the people in darkness suffer,

Oh he enslaves hundreds and thousands of heads for his need.

I sacrifice one head of mine for saving thousands of employees,

Oh, love one head, oh blood, woo hoo!

Ah hoo, woo hoo, woo hoo, woo hoo!

（3）[1]

王澤流兮浩洋洋，
克服怨敵，怨敵克服兮，赫兮強！
宇宙有窮止兮萬壽無疆。
幸我來也兮青其光[2]！
青其光兮永不相忘。
異處異處兮堂哉皇！
堂哉皇哉兮嚶嚶唷，
嗟來歸來，嗟來陪來兮青其光！

王泽流兮浩洋洋，
克服怨敌，怨敌克服兮，赫兮强！
宇宙有穷止兮万寿无疆。
幸我来也兮青其光[2]！
青其光兮永不相忘。
异处异处兮堂哉皇！
堂哉皇哉兮嚶嚶唷，
嗟来归来，嗟来陪来兮青其光！

---

1 第三首是眉間尺的頭在銅鼎沸水裡所唱。
2 這句是說復仇者身著青衣，手持青劍閃著青光。

1 第三首是眉间尺的头在铜鼎沸水里所唱。
2 这句是说复仇者身著青衣，手持青剑闪著青光。

（3）

Infinite royal grace of your majesty flows,

Conquer the foes, foes are Conquer, oh the mighty power grows!

The universe will end, oh your majesty long live and shows.

Luckily I am here, oh how the sword blue glinting through

Different site we are, oh your mighty high bloom

Your mighty high, oh ai-ai-yoo!

Oh come, oh come to join me, how glinting blue the sword glows!

吊盧騷[1]（1928 年）

脫帽懷鉛[2]出，先生蓋代窮[3]。

頭顱行萬裡，失計造兒童[4]。

脱帽怀铅[2]出，先生盖代穷[3]。

头颅行万里，失计造儿童[4]。

1　此首詩歌見《三閑集·頭》，是魯迅模仿清朝王士禛的《詠史小樂府》裡吊袁紹的詩而作，意在諷刺梁實秋對盧騷的攻擊。
2　脫帽：同原詩的"長揖"，為古人作別時的禮貌。懷鉛：攜帶書寫工具，即筆。
3　蓋代窮 —— 一代中最窮困潦倒不得志者。
4　此句是說盧騷寫兒童教育的書《愛彌兒》失算了，因被梁實秋"借頭示眾"。此句揭露諷刺保守派學者對進步思想家的攻擊。

1　此首诗歌见《三闲集·头》，是鲁迅模仿清朝王士禛的《咏史小乐府》里吊袁绍的诗而作，意在讽刺梁实秋对卢骚的攻击。
2　脱帽：同原诗的"长揖"，为古人作别时的礼貌。怀铅：携带书写工具，即笔。
3　盖代穷 —— 一代中最穷困潦倒不得志者。
4　此句是说卢骚写儿童教育的书《爱弥儿》失算了，因被梁实秋"借头示众"。此句揭露讽刺保守派学者对进步思想家的攻击。

My Condolence to Rousseau

Hat in hand, with your quill-pen you leave,

Your wandering life is the most suffering indeed.

Your head was pilloried afar for thousands of li;

You missed your tip as your writing of children for tease.

（1928）

題贈馮慧熹[1]

殺人有將，救人爲醫。
殺了大半，救其孑遺[2]。
小補之哉，烏乎噫嘻?！

杀人有将，救人为医。
杀了大半，救其孑遗[2]。
小补之哉，乌乎噫嘻?！

To Feng Huijia

The Generals kill, the doctors heal.

The most are killed, a few are healed.

A tiny remedy, alas! Dear me!

---

1 這首四言詩是魯迅一九三〇年九月一日在上海給學醫的女學生馮慧熹題寫在紀念冊上的。馮爲廣東海南人，是許廣平的表妹。此題詩散佚四十六年後被發現後發表於一九七六年一月《文物 —— 革命文物特刊》上。

2 孑遺 —— 孑（jié）.剩餘.

1 这首四言诗是鲁迅一九三〇年九月一日在上海给学医的女学生冯慧熹题写在纪念册上的。冯为广东海南人，是许广平的表妹。此题诗散佚四十六年後被发现後发表於一九七六年一月《文物 —— 革命文物特刊》上。

2 孑遗 —— 孑（jié）.剩馀.

贈鄔其山[1]（1931 年）

廿年居上海，每日見中華。
有病不求藥，無聊才讀書。
一闊臉就變，所砍頭漸多。
忽而又下野，南無阿彌陀。

廿年居上海，　每日见中华。
有病不求药，　无聊才读书。
一阔脸就变，　所砍头渐多。
忽而又下野，　南无阿弥陀。

To Uchiyama

For twenty years live in shanghai, you see china every day.

Illness needs no medicine,reading's when feeling bored a change.

Once in power, more heads cut with officer's turned face,

Suddenly out of power, then Namo Amita again.

---

1 鄔其山即日本人內山完造，"鄔其山"是日語"內山"（Uchi Yama）
的音譯。

1 邬其山即日本人内山完造，"邬其山"是日语"内山"（Uchi Yama）
的音译。

送O.E・君攜蘭歸國[1]（1931 年）

椒焚桂折佳人老[2]，獨托幽岩展素心。

豈惜芳馨[3]遺遠者，故鄉如醉有荊榛。

椒焚桂折佳人老[2]，独托幽岩展素心。

岂惜芳馨[3]遗远者，故乡如醉有荆榛。

---

1 O.E.即日本人小原榮次郎（Obara Eijero），當時在東京橋開設
　京華堂，經營中國文玩和蘭草。《魯迅日記》1931 年 2 月 12 日：
　"日本京華堂主人小原榮次郎買蘭將東歸，爲賦一絕句，書以贈
　之。"
2 椒焚桂折：比喻忠貞正直的人受到殘害。椒、桂均爲香木名。
　佳人老比喻有才德的人不能有所作爲。
3 芳馨：指蘭花。出於《楚辭・九歌・山鬼》："折芳馨兮遺所思。"

1 O.E.即日本人小原荣次郎（Obara Eijero），当时在东京桥开设京
　华堂，经营中国文玩和兰草。《鲁迅日记》1931 年 2 月 12 日：
　"日本京华堂主人小原荣次郎买兰将东归，为赋一绝句，书以赠
　之。"
2 椒焚桂折：比喻忠贞正直的人受到残害。椒、桂均为香木名。
　佳人老比喻有才德的人不能有所作为。
3 芳馨：指兰花。出於《楚辞・九歌・山鬼》："折芳馨兮遗所思。"

To Mr. O.E. Back to Japan with Orchids

The spice plants burnt and broken, the beauty is getting old,

Still elegant with pure scent ,in the valley the orchid only,

How could I be reluctant the fragrant to my foreign friend to part?

My land not awaken yet with brambles and thorns near and far.

（1931）

慣於長夜[1]（1931 年 2 月）

慣於長夜過春時，挈婦將雛鬢有絲。

夢裡依稀慈母淚，城頭變幻大王旗。

忍看朋輩成新鬼，怒向刀叢覓小詩。

吟罷低眉無寫處，月光如水照緇衣。

惯於长夜过春时，挈妇将雏鬓有丝。

梦里依稀慈母泪，城头变幻大王旗。

忍看朋辈成新鬼，怒向刀丛觅小诗。

吟罢低眉无写处，月光如水照缁衣。

1　這首詩見於《南腔北調集·爲了忘卻的紀念》，是魯迅爲悼
念"左聯"五烈士而作。

1　这首诗见於《南腔北调集·为了忘却的纪念》，是鲁迅为悼
念"左联"五烈士而作。

I'm Accustomed to the Long Night

I'm accustomed to the long nights of spring time,

Temples gray , I fled with my kid and my wife ,

I see dimly my loving mother's weeping in my dream,

Flags of warlords changing on top of the town gate to see.

I can hardly stand to bear my friends turned into new ghosts,

Angrily I compose this little poem from the sword forests.

Chanting over I frown for nowhere to write it down,

Only the moonlight like water soaking my black gown.

贈日本歌人[1]（1931 年）

春江好景依然在，遠國征人此際行。
莫向遙天望歌舞，西遊演了是封神。

春江好景依然在，远国征人此际行。
莫向遥天望歌舞，西游演了是封神。

To a Japanese Dramatist

The beautiful view by the spring river remains the same,
But you voyager from a far away land is homebound today .
Not to look back for the songs and dances on stage here,
After Pilgrimage to the West is Apotheosis of Gods again.

（1931）

---

1 這首詩是魯迅贈給日本劇評家升屋治三郎的。

1 这首诗是鲁迅赠给日本剧评家升屋治三郎的。

無　題[1]（大野多鉤棘 1931 年）

大野多鉤棘，長天列戰雲。
幾家春嬝嬝，萬籟靜愔愔[2]。
下土惟秦醉[3]，中流輟越吟。
風波一浩蕩，花樹已蕭森。

大野多钩棘，长天列战云。
几家春嫋嫋，万籁静愔愔[2]。
下土惟秦醉[3]，中流辍越吟。
风波一浩荡，花树已萧森。

Untitled（the thistles and thorns）

The thistles and thorns filled with the wild,
With clouds of war covered the long space of sky.
The gentle spring breeze few can feel and sense
All sounds are hushed into a dead still and silence.
Due to the drunk of God, the land of Qin is in sleep.
Yue singing is ceased in the mid of the stream.
When the torrent is billowing and moving on,
The flower trees are desolate and barren then.

（1931）

---

1 這首詩是魯迅寫給日本人片山松藻的。
2 愔愔[yīnyīn]：形容幽深、悄寂。
3 下土：指中國，出自《離騷》。惟秦醉：只是因爲上帝醉了，才把
　秦地給了秦穆公。據漢朝張衡《西京賦》：“昔者大帝說（悅）秦
　穆公而覲之，餉以鈞天廣樂，帝有醉焉，乃爲金策，錫（賜）用此
　土，而剪諸鶉首。”醇首指二十八宿中的井宿到柳宿，指秦國境土。

1 这首诗是鲁迅写给日本人片山松藻的。
2 愔愔[yīnyīn]：形容幽深、悄寂。
3 下土：指中国，出自《离骚》。惟秦醉：只是因为上帝醉了，才把
　秦地给了秦穆公。据汉朝张衡《西京赋》：“昔者大帝说（悦）秦
　穆公而觐之，饷以钧天广乐，帝有醉焉，乃为金策，锡（赐）用此
　土，而剪诸鹑首。”醇首指二十八宿中的井宿到柳宿，指秦国境土。

湘靈歌[1]（1931 年）

昔聞湘水碧如染，今聞湘水胭脂痕。
湘靈妝成照湘水，皎如明月窺彤雲。
高丘寂寞竦中夜[2]，芳荃零落無餘春。
鼓完瑤瑟人不聞，太平成象盈秋門[3]。

昔闻湘水碧如染，今闻湘水胭脂痕。
湘灵妆成照湘水，皎如明月窥彤云。
高丘寂寞竦中夜[2]，芳荃零落无馀春。
鼓完瑶瑟人不闻，太平成象盈秋门[3]。

Song of Goddess of Xiang River

Xiang river was said as dyed of jade- green,
Now I am told it is red with a tint of rouge ,
The Goddess dresses up by the mirror of the stream,
peeping from the clouds of rose ,like bright moon.
At midnight still, the high mount lonesome and chill through,
Spring flowers withering, no fragrant remain.
Playing of lute stopped, and nobody had heard a tune.
Sigh of peace increscent, only to fill the autumn gate.

（1931）

---

1 這首詩是魯迅寫給日本人片山松本的。
2 高丘：古代楚國山名。
3 秋門：借指當時的南京。

1 这首诗是鲁迅写给日本人片山松本的。
2 高丘：古代楚国山名。
3 秋门：借指当时的南京。

無題二首[1]（1931 年）

大江日夜向東流，聚義群雄又遠遊。
六代綺羅成舊夢[2]，石頭城上月如鉤。

雨花臺邊埋斷戟，莫愁湖裡余微波。
所思美人不可見，歸憶江天發浩歌。

大江日夜向东流，聚义群雄又远游。
六代绮罗成旧梦[2]，石头城上月如钩。

雨花台边埋断戟，莫愁湖里余微波。
所思美人不可见，旧忆江天发浩歌。

Two Untitled Poems

（1）

The mighty river flows east night and day,
The gathered heroes travel afar once again.
The glory of six dynasties has become an old dream,
Above the Stone City only a sickle-like moon hangs and beams.

（2）

By Rain flower platform the broken spears buried deep,
Worry-not Lake is rippling with shimmer,
Nowhere the beauty I miss is visible to see,
My recalling song soaring to the sky over the river.　　　　（1931）

---

1 這裡第一首是魯迅書贈日本律師宮崎龍介的。第二首是贈送日本女作家柳原燁子（白蓮女士）的。
2 六代：這裡指吳、東晉、宋、齊、梁、陳這六個建都在建康（南京）的朝代。綺羅爲絲織品。這裡借喻繁華。這句是說南京的繁華已經成爲過去的舊夢了。

1 这里第一首是鲁迅书赠日本律师宫崎龙介的。第二首是赠送日本女作家柳原烨子（白莲女士）的。
2 六代：这里指吴、东晋、宋、齐、梁、陈这六个建都在建康（南京）的朝代。绮罗为丝织品。这里借喻繁华。这句是说南京的繁华已经成为过去的旧梦了。

送增田涉[1]君歸國（1931 年）

扶桑[2]正是秋光好，楓葉如丹照嫩寒。
卻折垂楊送歸客，心隨東棹[3]憶華年。

扶桑[2]正是秋光好，枫叶如丹照嫩寒。
却折垂杨送归客，心随东棹[3]忆华年。

Farewell to Mr. Masuda Wataru
Back to Japan

Now is in Fusang island just the beautiful autumn days,

Red maple leaves shine in the gentle and slight cold.

By breaking a willow twig I send you my guest homebound sail,

my heart recalls my youth there following the eastward boat.

（1931）

---

1 這首詩是魯迅送給日本人增田涉歸國的的詩。增田涉爲爲日本
　知名的中國文學研究者。
2 扶桑：指日出之處。
3 東棹：東去的船。

1 这首诗是鲁迅送给日本人增田涉归国的的诗。增田涉为为日本
　知名的中国文学研究者。
2 扶桑：指日出之处。
3 东棹：东去的船。

無　題[1]（血沃中原 1932 年）

血沃中原肥勁草，寒凝大地發春華。
英雄多故[2]謀夫病，淚灑崇陵[3]噪暮鴉。

血沃中原肥劲草，寒凝大地发春华。
英雄多故[2]谋夫病，泪洒崇陵[3]噪暮鸦。

Untitled（blood soaked the midland）

Blood soaked midland where the strong grass grows,

spring flower sprouting, awaking is the frozen great earth

The heroes fall into noisy quarrels, politicians are all nerves,

Tears scattered on Zhongshan Tomb with caw of dusk crows.

（1932）

---

1 這首詩是魯迅寫給日本人高良富子的。
2 多故：指多事、爭吵不休。
3 崇陵：高大的墳陵。這裡指中山陵。

1 这首诗是鲁迅写给日本人高良富子的。
2 多故：指多事、争吵不休。
3 崇陵：高大的坟陵。这里指中山陵。

偶　成[1]（1932 年）

文章如土欲何之，翹首東雲惹夢思。
所恨芳林寥落甚，春蘭秋菊不同時。

文章如土欲何之，翹首东云惹梦思。
所恨芳林寥落甚，春兰秋菊不同时。

An Impromptu

Literature is but dust and where should I go,

In dream my heart fly with the eastward clouds.

Regretting the aromatic woods desolate and lone,

Spring orchid and autumn daisy not together show.

---

1 這首詩是魯迅寫給浙江吳興人沈松泉的，沈於 1925 年在上海創
　辦光華書店，出版魯迅譯普列漢諾夫的《藝術論》等書。

1 这首诗是鲁迅写给浙江吴兴人沈松泉的，沈于 1925 年在上海创
　办光华书店，出版鲁迅译普列汉诺夫的《艺术论》等书。

贈蓬子[1]（1932）

蓦地飛仙降碧空，雲車雙輛挈靈童。
可憐蓬子非天子，逃去逃來吸北風。

蓦地飞仙降碧空，云车双辆挈灵童。
可怜蓬子非天子，逃去逃来吸北风。

To Pengzi

Out from the blue suddenly a fairy falls and appears.

double carriages of clouds, with accompanied angel one，

Yet pitifully remind , Penzi is not the Heaven's son,

So in the northern wind flees the fairy there and here.

1　此詩是魯迅應姚蓬子求字之請即興記事的遊戲之作。詩中所說
　　的是"一・二八"上海戰爭時，穆木天的妻子攜帶兒子乘人力車到
　　姚蓬子家找尋丈夫的事情。詩中穆木天被戲稱爲"天子"。

1　此诗是鲁迅应姚蓬子求字之请即兴记事的游戏之作。诗中所说
　　的是"一・二八"上海战争时，穆木天的妻子携带儿子乘人力车到
　　姚蓬子家找寻丈夫的事情。诗中穆木天被戏称为"天子"。

一‧二八戰後作[1]（1932 年）

戰雲暫斂殘春在，重炮清歌兩寂然。
我亦無詩送歸棹，但從心底祝平安。

战云暂敛残春在，重炮清歌两寂然。
我亦无诗送归棹，但从心底祝平安。

Written after the January 28, 1932 Incident

War clouds temporarily pause, the remnant spring lingers,

Both heavy guns and light music are no more around.

Sorry I have no poem to accompany you the homeward traveler,

But from the bottom of my heart wish you safe and sound.

---

1 此詩爲魯迅贈送日本反戰歌唱家山本初枝女士的。

1 此诗为鲁迅赠送日本反战歌唱家山本初枝女士的。

自　嘲[1]（1932 年）

運交華蓋欲何求，未敢翻身已碰頭。
破帽遮顏過鬧市，漏船載酒泛中流。
橫眉冷對千夫指，俯首甘為孺子牛。
躲進小樓成一統，管它冬夏與春秋。

运交华盖欲何求，未敢翻身已碰头。
破帽遮颜过闹市，漏船载酒泛中流。
横眉冷对千夫指，俯首甘为孺子牛。
躲进小楼成一统，管它冬夏与春秋。

Self-Mockery

What can I ask for if I fall into Huagai the bad fortune ?
I bumped my head even before I turn it over for a venture.
Broken hat covered my face , I go across the busy street,
On board of the leaky boat with wine, drifting over the stream.
Eyes glared, I calmly defy the thousand pointing fingers,
Head bowed, I willingly serve like a cow to her youngsters.
Hiding into a small building, I make my world behind the door,
I shall not care the cycling of the four seasons anymore.

（1932）

---

1 此詩為魯迅 1932 年 10 月 12 日應南社詩人柳亞子所請而作。

1 此诗为鲁迅 1932 年 10 月 12 日应南社诗人柳亚子所请而作。

授雜詠四首（1932年）

（1）[1]

作法不自斃，悠然過四十。

何妨賭肥頭[2]，抵當辯證法。

（2）[3]

可憐織女星，化爲馬郎婦。

. 烏鵲疑不來，迢迢牛奶路。

（1）[1]

作法不自斃，悠然过四十。

何妨赌肥头[2]，抵当辩证法。

（2）[3]

可怜织女星，化为马郎妇。

乌鹊疑不来，迢迢牛奶路。

1　這首詩是說錢玄同的。錢玄同曾戲說："四十歲以上的人都應該槍斃。"據說他還在北京大學說過"頭可斷，辯證法不可開課"的話。

2　魯迅《兩地書 一二六》中說錢玄同"胖滑有加，嘮叨如故"。

3　這首詩是魯迅說趙景深的。趙景深曾將天河（Milky Way）誤譯爲"牛奶路"，又將德國小說《半人半馬怪》誤譯爲《半人半牛怪》。參看魯迅《二心集·風馬牛》。

1　这首诗是说钱玄同的。钱玄同曾戏说："四十岁以上的人都应该枪斃。"据说他还在北京大学说过"头可断，辩证法不可开课"的话。

2　鲁迅《两地书 一二六》中说钱玄同"胖滑有加，唠叨如故"。

3　这首诗是鲁迅说赵景深的。赵景深曾将天河（Milky Way）误译为"牛奶路"，又将德国小说《半人半马怪》误译为《半人半牛怪》。参看鲁迅《二心集·风马牛》。

Four Poems of Mockery on Some Professors

（1）

You made rules but yourself not obey .

You pass the age of forty in a leisure way.

Why not make your fat head on bet,

So the teaching of dialectics to set.

（2）

Pitiful is the waving maid,

The wife of a horse herder became,

The flying Magpies is puzzled and reluctant ,

The milk way is far away a long distant.

（3）¹

世界有文學，少女多豐臀。

雞湯代豬肉，北新遂掩門。

（4）²

名人選小說，入線雲有限。

雖有望遠鏡，無奈近視眼。

（3）¹

世界有文学，少女多丰臀。

鸡汤代猪肉，北新遂掩门。

（4）²

名人选小说，入线云有限。

虽有望远镜，无奈近视眼。

1　這首詩說章衣萍。章曾在《枕上隨筆》一文中說：“懶人的春天哪！我連女人的屁股都懶得去摸了！”又據說他向北新書局預支了一大筆版稅，曾說過“錢多了可以不吃豬肉，大喝雞湯”的話。

2　這首詩說謝六逸。謝曾編選過一本《模範小說選》，選錄魯迅、茅盾、葉紹鈞、冰心、鬱達夫的作品，於1933年由上海黎明書局出版。他在序言中說：“翻開坊間出版的中國作家辭典一看，我國的作家快要湊足五百羅漢之數了。但我在這本書裡只選了五個作家的作品，我早已硬起頭皮，準備別的作家來打我罵我。而且罵我的第一句話，我也猜著了。這句罵我的話不是別的，就是‘你是近視眼啊’，其實我的眼睛何嘗近視，我也曾用過千里鏡在沙漠地帶，向各方面眺望了一下。國內的作家無論如何不止這五個，這是千真萬確的事實。不過在我所做的是‘匠人’的工作，匠人選擇材料時，必要顧到能不能上得自己的‘墨線’，我選擇的結果，這五位作家的作品可以上我的‘墨線’，所以我要‘唐突’他們的作品一下了。”

1　这首诗说章衣萍。章曾在《枕上随笔》一文中说：“懒人的春天

（3）

There is literature of the world,

Talking about the plump hips of girls,

When pork steaks replaced by chicken soup,

Beixin bookshop will be closed very soon.

（4）

The celebrity makes novels selection,

Only a few are of standard-sized.

Though he has a telescope for identification,

Unfortunately he is but a near-sighted.

哪！我连女人的屁股都懒得去摸了！"又据说他向北新书局预
支了一大笔版税，曾说过"钱多了可以不吃猪肉，大喝鸡汤"的话。
2 这首诗说谢六逸。谢曾编选过一本《模范小说选》，选录鲁迅、
茅盾、叶绍钧、冰心、郁达夫的作品，於 1933 年由上海黎明书
局出版。他在序言中说："翻开坊间出版的中国作家辞典一看，
我国的作家快要凑足五百罗汉之数了。但我在这本书里只选了
五个作家的作品，我早已硬起头皮，准备别的作家来打我骂我。
而且骂我的第一句话，我也猜著了。这句骂我的话不是别的，
就是'你是近视眼啊'，其实我的眼睛何尝近视，我也曾用过千里
镜在沙漠地带，向各方面眺望了一下。国内的作家无论如何不
止这五个，这是千真万确的事实。不过在我所做的是'匠人'的工
作，匠人选择材料时，必要顾到能不能上得自己的'墨线'，我选
择的结果，这五位作家的作品可以上我的'墨线'，所以我要'唐
突'他们的作品一下了。"

無題二首[1]（1932 年）

故鄉黯黯鎖玄雲，遙夜迢迢隔上春。
歲暮何堪再惆悵，且持卮酒食河豚[2]。

皓齒吳娃[3]唱柳枝[4]，酒闌人靜暮春時。
無端舊夢驅殘醉，獨對燈陰憶子規[5]。

故乡黯黯锁玄云，遥夜迢迢隔上春。
岁暮何堪再惆怅，且持卮酒食河豚[2]。

皓齿吴娃[3]唱柳枝[4]，酒阑人静暮春时。
无端旧梦驱残醉，独对灯阴忆子规[5]。

---

1 此兩首是魯迅爲當時在上海開設的篠崎醫院裡的日本醫生濱之
  上、坪井兩人的贈詩。
2 卮酒：（zhī）杯酒。《魯迅日記》1932 年 12 月 28 日："晚，坪
  井先生邀至日本飯館吃河豚，同去並有濱之上醫士。"
3 皓齒吳娃 ── 皓齒：牙齒潔白。吳娃：吳地的女孩。
4 唱柳枝 ── 中國漢代有《折楊柳曲》，折柳贈別的歌。
5 子規 ── 杜鵑鳥。

5 此兩首是鲁迅为当时在上海开设的篠崎医院里的日本医生滨之
  上、坪井两人的赠诗。
5 卮酒：（zhī）杯酒。《鲁迅日记》1932 年 12 月 28 日："晚，坪
  井先生邀至日本饭馆吃河豚，同去并有滨之上医士。"
5 皓齿吴娃 ── 皓齿：牙齿洁白。吴娃：吴地的女孩。
5 唱柳枝 ── 中国汉代有《折杨柳曲》，折柳赠别的歌。
5 子规 ── 杜鹃鸟。

Two Untitled Poems

Hometown is darkened and overcast the gloomy clouds,

In the long night the fine spring time is still far away.

At the end of the year how can I bear more troubles again,

Better to drink the wine and enjoy the swellfish for now .

The girl of Wu with pretty white teeth sings *the willows song*,

The feast is over, noises are quieted and the guests are gone.

Somehow old dreams dispel my lingering ebriety and I'm sober,

Under the shadow of lamp the Cuckoo's calling I now remember.

所　聞[1]（1932 年 12 月 31 日）

華燈照宴敞豪門，嬌女嚴妝侍玉樽。
忽憶情親焦土[2]下，佯看羅襪掩啼痕。

华灯照宴敞豪门，娇女严妆侍玉樽。
忽忆情亲焦土[2]下，佯看罗袜掩啼痕。

Hearsay

Inside the mansion's grand gate splendid lights shine.

A charming girl dressed up waiting at the jade vessels of wine.

Sudden recall of the buried under the ravages of war of her dears,

Pretending to adjust her silk stockings to hide the trace of tears .

---

1 《魯迅日記》1932 年 12 月 31 日："爲內山夫人寫雲：（略）。"
2 焦土 —— 被戰火燒焦的土地。

1 《鲁迅日记》1932 年 12 月 31 日："为内山夫人写云：（略）。"
2 焦土 —— 被战火烧焦的土地。

無　題（洞庭木落 1932 年）

洞庭木落楚天高，眉黛[1]猩紅浣[2]戰袍[3]。
澤畔有人吟不得[4]，秋波渺渺失《離騷》。
洞庭木落楚天高，眉黛[1]猩紅浣[2]战袍[3]。
泽畔有人吟不得[4]，秋波渺渺失《离骚》。

Untitled（leaves by Dongting Lake）

Sky of Chu is high , fall the leaves by Dongting Lake ,

Warrior's army robe with brow-black and rouge-red stains.

The singing of someone has long past away,

Wash Lisao in rustling with gentle autumn waves.

---

1 眉黛 —— 指婦女。
2 浣 ——（wò），污染、弄髒。
3 對此詩有著各種不同的解釋，尤其是對“眉黛猩紅浣戰袍”句的理解有各種分歧。本書作者認爲：本詩是魯迅爲勸阻鬱達夫去杭州而寫的。“眉黛猩紅浣戰袍”句是暗示鬱達夫受他的夫人王映霞勸告，終於搬到杭州岳父家了。魯迅認爲鬱達夫的去杭州，對其實現進行革命文學創作的遠大抱負有影響。參見周振甫《魯迅詩歌注》。
4 據《楚辭·漁父》：“屈原既放（被放逐），游走江潭（江邊），行吟澤畔。”渺渺：（miǎo）水色邈遠。

1 眉黛 —— 指妇女。
2 浣 ——（wò），污染、弄脏。
3 对此诗有著各种不同的解释，尤其是对“眉黛猩红浣战袍”句的理解有各种分歧。本书作者认为：本诗是鲁迅为劝阻郁达夫去杭州而写的。“眉黛猩红浣战袍”句是暗示郁达夫受他的夫人王映霞劝告，终於搬到杭州岳父家了。鲁迅认为郁达夫的去杭州，对其实现进行革命文学创作的远大抱负有影响。参见周振甫《鲁迅诗歌注》。
4 据《楚辞·渔父》：“屈原既放（被放逐），游走江潭（江边），行吟泽畔。”渺渺：（miǎo）水色邈远。

答客誚[1]（1932 年）

無情未必真豪傑，憐子如何不丈夫？

知否興風狂嘯者，回眸時看小於菟[2]？

无情未必真豪杰，怜子如何不丈夫？

知否兴风狂啸者，回眸时看小於菟[2]？

Answering the Ridicule of Someone

A hero is not equal to the heartless and cruel mind,

Why should a great man without caring his child?

Don't you see the roaring tiger that makes gale,

Glancing back now and then for its cubs' safe?

---

1 本詩是魯迅對某些嘲笑他溺愛孩子的人的回答。
2 小於菟 ── （wūtú），古指小老虎。

1 本诗是鲁迅对某些嘲笑他溺爱孩子的人的回答。
2 小於菟 ── （wūtú），古指小老虎。

二十二年元旦（1933 年）

雲封高岫[1]護將軍，霆擊[2]寒村滅下民。
到底不如租界好，打牌聲裡又新春。

云封高岫[1]护将军，霆击[2]寒村灭下民。
到底不如租界好，打牌声里又新春。

Lunar New Year's Day of 1933

Clouds cap the high mountains for the general's protection,

Thunderbolt splits poor villages, common humbles' destruction.

Anyway, in the foreign concession is the best place to remain ,

Where clacking of mahjong-playing announces the new year's day.

（1933）

---

1 雲封高岫 —— 多雲的高山。
2 霆擊 —— 指當時戰爭中的飛機轟炸。

1 云封高岫 —— 多云的高山。
2 霆击 —— 指当时战争中的飞机轰炸。

贈畫師[1]（1933 年）

風生白下[2]千林暗，霧塞蒼天百卉殫[3]。

願乞畫家新意匠，只研朱墨作春山。

风生白下[2]千林暗，雾塞苍天百卉殚[3]。

愿乞画家新意匠，只研朱墨作春山。

To a Painter

Wind blows from Nanking and darkens the forests，

Fog stuffs the sky and fades the plants and flowers.

I wish you could a new skill of drawing design,

Use only vermeil to paint the peak of spring time.

---

1 據《魯迅日記》1933 年 1 月 26 日：此詩是爲日本畫師望月玉成
　所書。
2 白下 ── 古代地名，唐朝時爲南京的別稱。
3 百卉殫 ── 殫：（dān），百種花草枯萎。

1 据《鲁迅日记》1933 年 1 月 26 日：此诗是为日本画师望月玉成
　所书。
2 白下 ── 古代地名，唐朝时为南京的别称。
3 百卉殚 ── 殚：（dān），百种花草枯萎。

學生和玉佛[1]（1933）

寂寞空城[2]在，倉皇古董遷。
頭兒誇大口，面子靠中堅[3]。
驚擾詎雲妄？奔逃只自憐。
所嗟非玉佛，不值一文錢。

寂寞空城[2]在，倉皇古董迁。
头儿夸大口，面子靠中坚[3]。
惊扰诇云妄？奔逃只自怜。
所嗟非玉佛，不值一文钱。

Student and the Jade Buddha

Lonely deserted city remains here,
Antiques are moved out and disappear.
The big shot has a lot of brags and boasts,
To save face they depend on those backbones.
Why should students be blamed for fleeing away?
Helplessly they leave with self-pity and shame.
Alas! students are not valuable gems and Buddha of jade,
Their lives are not worthy even a single penny on sale.

1　此詩最初發表於 1933 年 2 月 16 日《論語》半月刊 11 期，署名
　動軒。見《南腔北調集·學生和玉佛》。
2　空城 —— 這裡指 1933 年的北京城。
3　中堅 —— “中堅”這裡指當時的把大學生作爲中堅分子來維持面
　子的做法。

1　此诗最初发表於 1933 年 2 月 16 日《论语》半月刊 11 期，署名
　动轩。见《南腔北调集·学生和玉佛》。
2　空城 —— 这里指 1933 年的北京城。
3　中坚 —— “中坚”这里指当时的把大学生作为中坚分子来维持面
　子的做法。

吊大學生（1933 年）

闊人已騎文化去，此地空余文化城。
文化一去不復返，古城千載冷清清。
專車隊隊前門站，晦氣重重大學生。
日薄榆關[1]何處抗，煙花場[2]上沒人驚[3]。

闊人已骑文化去，此地空余文化城。
文化一去不复返，古城千载冷清清。
专车队队前门站，晦气重重大学生。
日薄榆关[1]何处抗，烟花场[2]上没人惊[3]。

Mourning for the College Students

The rich has ridden and gone on culture,
　　only the empty cultural city is left and stay.
The culture will not return since its departure,
　　the ancient city will a millennium stagnancy remain .
Flowing the stream of special trains in Qianmen station,
　　while unlucky and unfit college students facing the invasion.
Where is the place with setting sun of Elm Pass for defense,
　　not even a speck of scare in the field of misty- flowers to sense.

---

1 榆關 —— 山海關。在日本侵略者進犯下 1 月 3 日淪陷。
2 煙花場 —— 舊指妓院。 mist-flowers: Chinese euphemism for brothels.
3 這句是說日本侵略軍已逼近山海關。但看不到一點抵抗的迹象。

1 榆关 —— 山海关。在日本侵略者进犯下 1 月 3 日沦陷。
2 烟花场 —— 旧指妓院。 mist-flowers: Chinese euphemism for brothels.
3 这句是说日本侵略军已逼近山海关。但看不到一点抵抗的迹象。

題《吶喊》[1]（1933 年）

弄文罹文網[2]，抗世違世情。
積毀可銷骨[3]，空留紙上聲。

弄文罹文网[2]，抗世违世情。
积毁可销骨[3]，空留纸上声。

Inscription on *"Battle Cry"*

Doing literary writing from literary trap I struggled,

Defying against society violates rules of the world we worried.

Accumulated slanders and rumors will destroy a man,

In regret leave only my battle cry on a paper I can.

---

1 據《魯迅日記》1933 年 3 月 2 日：本詩及題《彷徨》為贈送日
　本人山縣初男索小說兩冊的題詩。
2 罹文網 ── 罹：（lí）遭逢,遭遇。陷入文網。
3 積毀可銷骨 ── 積累讒言誹謗的話，可以銷滅骨肉之親。

1 据《鲁迅日记》1933 年 3 月 2 日：本诗及题《彷徨》为赠送日
　本人山县初男索小说两册的题诗。
2 罹文网 ── 罹：（lí）遭逢,遭遇。陷入文网。
3 积毁可销骨 ── 积累谗言诽谤的话，可以销灭骨肉之亲。

題《彷徨》 [1]（1933 年）

寂寞新文苑，平安舊戰場。

兩間[2]餘一卒，荷戟獨彷徨。

寂寞新文苑，平安旧战场。

两间[2]馀一卒，荷戟独彷徨。

Inscription on *Wandering*

Forlorn and abandoned is the new literary center,

With peaceful air the old battle ground covered.

In between the two there stands a fighter,

Halberd in hand, back and forth a wanderer.

（1933）

---

1 參見題《吶喊》詩注。
2 兩間 —— 天地間。

1 参见题《呐喊》诗注。
2 两间 —— 天地间。

悼楊銓[1]（1933 年）

豈有豪情似舊時，花開花落兩由之[2]。
何期淚灑江南雨，又爲斯民哭健兒[3]。

岂有豪情似旧时，花开花落兩由之[2]。
何期泪洒江南雨，又为斯民哭健儿[3]。

Mourning for Yang Quan

My old lofty sentiments has already gone and die,
I care not if the flowers in bloom or decline.
How can I expect my tears today a southern pouring rain,
All out shedding for the people's loss of a son great.

---

1 楊銓，（1883-1933）字杏佛，江西清江人。任中國民權保障同
　盟執行委員，1933 年 6 月 18 日爲國民黨藍衣社特務暗殺於上
　海，20 日魯迅曾往萬國殯儀館送殮，送殮回去後寫成此詩。
2 花開花落兩由之 —— 是說聽任花開花落都不去管它，這是激憤的
　話。
3 斯民—此民，這人民。健兒指楊銓。

1 杨铨，（1883-1933）字杏佛，江西清江人。任中国民权保障同
　盟执行委员，1933 年 6 月 18 日为国民党蓝衣社特务暗杀於上
　海，20 日鲁迅曾往万国殡仪馆送殮，送殮回後写成此诗。
2 花开花落兩由之 —— 是说听任花开花落都不去管它，这是激愤
　的话。
3 斯民—此民，这人民。健儿指杨铨。

題三義塔[1]（1933 年）

三義塔者，中國上海閘北三義裡遺鳩埋骨之塔也，在日本，
農人共建之。

奔霆飛熛[2]殲人子，敗井頹垣剩餓鳩。
偶值大心離火宅[3]，終遺高塔念瀛洲[4]。
精禽夢覺仍銜石[5]，鬥士誠堅共抗流。
度盡劫波兄弟在，相逢一笑泯恩仇[6]。

Inscription for Sanyi Pagoda

Sanyi Pagoda, where the remains of Chinese dove was buried. It
was built by some Japanese farmers for the memory of a homeless
dove found in Sanyi lane, Zhabei District, Shanghai China.

Roaring thunderclaps kill the lives with flying flame,
Broken wells, declining walls, a starve dove in cave.
Fortunately by a kind man, taken out the burnt to save,
In the lofty tower with memory of longing ultimately remains
Should it pebbles pick, wake and change into bird Jingwei,
In the lofty tower with memory of longing ultimately remains
Should it pebbles pick, wake and change into bird Jingwei,
Resisting the torrent of war, fighting with the warriors brave.
Going through the catastrophe brotherhood unchanged,
May we meet with smile again, hatred be melted away.

---

1 見 1933 年 6 月 21 日《魯迅日記》。西村真琴是一日本醫生。
2 奔霆飛熛 —— 指戰爭中的槍炮轟擊與焚燒。
3 大心 —— 善良之心。有著善良之心的人把鳩鳥從著火的宅子中救出來。
4 瀛洲 —— 傳說中的東海仙山。
5 精禽 —— 即精衛. 據《山海經》記述這種叫精衛的鳥原是炎帝的女兒，
　一天她去東海遊玩時突遭風暴襲擊死去，此後變成了"精衛鳥"。精衛
　鳥去西山銜來石子和樹枝一次又一次投到大海裡，想要把東海填平。
　晉代詩人陶淵明詩："精衛銜微木，將以填滄海"。後來人們常用"精衛
　填海"來比喻按既定的目標堅毅不拔地奮鬥到底。
6 泯恩仇 —— 泯（mǐn），消除仇恨。

題三義塔[1]（1933 年）

三义塔者，中国上海闸北三义里遗鸠埋骨之塔也，在日本，农人共建之。

奔霆飞熛[2]歼人子，败井颓垣剩饿鸠。
偶值大心离火宅[3]，终遗高塔念瀛洲[4]。
精禽梦觉仍衔石[5]，斗士诚坚共抗流。
度尽劫波兄弟在，相逢一笑泯恩仇[6]。

西村博士于上海戰後的喪家之鳩，持歸養之；初亦相安，而終化去。建塔以藏，且征題詠，率成一律，聊答遝情雲爾。

一九三三年六月二十一日魯迅並記

西村博士于上海战後的丧家之鸠，持归养之；初亦相安，而终化去。建塔以藏，且征题咏，率成一律，聊答遝情云尔。

一九三三年六月二十一日鲁迅并记

Dr. Nishimura Makoto found a homeless dove in Shanghai after the war. He took it back to Japan and raised it. At first it was all right .Later it died. Then he managed to build a pagoda for it and ask me to write an inscription for it .So I write the following verse in response to his sentiments from afar.

Lu Xun in June 21, 1933

1　见 1933 年 6 月 21 日《鲁迅日记》。西村真琴是一日本医生。
2　奔霆飞熛 —— 指战争中的枪炮轰击与焚烧。
3　大心 —— 善良之心。有著善良之心的人把鸠鸟从著火的宅子中救出来。
4　瀛洲 —— 传说中的东海仙山。
5　精禽 —— 即精卫. 据《山海经》记述这种叫精卫的鸟原是炎帝的女儿，一天她去东海游玩时突遭风暴袭击死去，此後变成了"精卫鸟"。精卫鸟去西山衔来石子和树枝一次又一次投到大海里，想要把东海填平。晋代诗人陶渊明诗："精卫衔微木，将以填沧海"。後来人们常用"精卫填海"来比喻按既定的目标坚毅不拔地奋斗到底。
6　泯恩仇 —— 泯（mǐn），消除仇恨。

無　題（禹域多飛將 1933 年）

禹域多飛將[1]，蝸廬剩逸民。
夜邀潭底影，玄酒[2]頌皇仁[3]。

禹域多飞将[1]，蜗庐剩逸民。
夜邀潭底影，玄酒[2]颂皇仁[3]。

Untitled（many a flying generals）

Many a flying generals in the grand Yu land,

A few snail-shelled cells for the survived farmhands .

Inviting my own shadow from the deep pond at night,,

With a cup of pure water, toast to his Majesty's being kind.

（1933）

---

1 禹域：中國。飛將指空軍。
2 玄酒，水也，以其色黑謂之玄。
3 頌皇仁 —— 悲痛到了極點反而麻木了，以不死爲慶倖。此句諷刺
　意味深刻。

1 禹域：中国。飞将指空军。
2 玄酒，水也，以其色黑谓之玄。
3 颂皇仁 —— 悲痛到了极点反而麻木了，以不死为庆幸。此句讽
　刺意味深刻。

悼丁君[1]（1933 年）

如盤夜氣壓重樓[2]，剪柳春風導九秋[3]。
瑤瑟凝塵清怨絕[4]，可憐無女耀高丘。

如盘夜气压重楼[2]，剪柳春风导九秋[3]。
瑤瑟凝尘清怨绝[4]，可怜无女耀高丘。

Mourning for Ms. Ding

The night weighs on the tiered mansion like a millstone,

Late autumn season is led by breeze of cutting-leaves-of willow

Jade lute was dust-laden and the pure tunes hush ,

It's a pity no beauty shinning on the high of the hill above.

（1933）

---

1 丁君，即女作家丁玲，曾於 1933 年 5 月在上海被國民黨逮捕，當時盛傳她在南京遇害。魯迅作此詩悼念之。
2 重樓 —— 層樓。
3 九秋 —— 秋季共九十天。九秋即秋末。
4 瑤瑟 —— 指玉制的瑟。這句的大意爲：彈奏瑤瑟的人已去，瑤瑟塵封，再也聽不到那清怨的樂曲了。

1 丁君，即女作家丁玲，曾於 1933 年 5 月在上海被国民党逮捕，当时盛传她在南京遇害。鲁迅作此诗悼念之。
2 重楼 —— 层楼。
3 九秋 —— 秋季共九十天。九秋即秋末。
4 瑤瑟 —— 指玉制的瑟。这句的大意为：弹奏瑤瑟的人已去，瑤瑟尘封，再也听不到那清怨的乐曲了。

贈人二首[1]（1933 年）

明眸越女[2]罷晨裝，荇水荷風是舊鄉。
唱盡新詞歡不見，旱雲如火撲晴江。

秦女[3]端容理玉箏，梁塵踴躍[4]夜風輕。
須臾響急冰弦絕[5]，但見奔星勁有聲。

明眸越女[2]罷晨裝，荇水荷风是旧乡。
唱尽新词欢不见，旱云如火扑晴江。

秦女[3]端容理玉箏，梁尘踊跃[4]夜风轻。
须臾响急冰弦绝[5]，但见奔星劲有声。

Two Poems for Presentations

The bright-eyed maid from Yue in the morn up dressed,
Her home land is by green water and lotus wind impressed,
All the new songs finished she missed her afar lover,
And the flaming clouds, burning sun over the droughty river.

The maiden from Qin plays jade harp with grace,
The music is touching , night breeze fades.
Broken with rapid and swift notes the chord of ice,
With strength and sound, a shooting star is gliding by.

---

1 據《魯迅日記》，此二首爲 1933 年 8 月 21 日午後爲森本清八君寫。
2 越女 ── 本指西施，這裡泛指美女。
3 秦女 ── 這裡泛指會彈奏樂器的女子。
4 梁塵踴躍 ── 形容歌音繞梁，激越振盪，美妙動人。
5 須臾響急冰弦絕 ── 冰弦：潔白的弦。絕：斷了。

1 据《鲁迅日记》，此二首为 1933 年 8 月 21 日午後为森本清八君写。
2 越女 ── 本指西施，这里泛指美女。
3 秦女 ── 这里泛指会弹奏乐器的女子。
4 梁尘踊跃 ── 形容歌音绕梁，激越振荡，美妙动人。
5 须臾响急冰弦绝 ── 冰弦：洁白的弦。绝：断了。

無　題 （一支清釆 1933 年）

一支清釆妥湘靈[1]，九畹貞風[2]慰獨醒。
無奈終輸蕭艾密[3]，卻成遷客[4]播芳馨。

一支清釆妥湘灵[1]，九畹贞风[2]慰独醒。
无奈终输萧艾密[3]，却成迁客[4]播芳馨。

Untitled （a clear and pure lotus）

A clear and pure lotus befits Xiang goddess the grace,
Chaste wind from the orchid garden consoles the lonely awaken.
We are helpless with so many ill weeds thrived in the field,
So to the other land for the scent spreading to immigrate.

（1933）

---

1 一支清釆妥湘靈 ── 釆一朵清麗的香花祭獻給湘水之神。
2 九畹貞風 ── 畹（wǎn）：古代地積單位。說法不一，一說 30
畝為一畹，一說 12 畝為一畹。九畹貞風指蘭花貞潔的風姿。
3 蕭艾 ── 毒草，喻小人。
4 遷客 ── 被放逐的人，如屈原。

1 一支清釆妥湘灵 ── 釆一朵清丽的香花祭献给湘水之神。
2 九畹贞风 ── 畹（wǎn）：古代地积单位。说法不一，一说 30
亩为一畹，一说 12 亩为一畹。九畹贞风指兰花贞洁的风姿。
3 萧艾 ── 毒草，喻小人。
4 迁客 ── 被放逐的人，如屈原。

無　題 (煙水尋常事)（1933 年）

煙水尋常事，荒村一釣徒。
深霄沈醉起，無處覓菰蒲[1]。

煙水尋常事，荒村一釣徒。
深霄沈醉起，无处覓菰蒲[1]。

Untitled (mist covered waters)

Mist covered water a usual thing around,

A fisherman with the lonely soul , village wild,

Wake up in the deep night from the drunken mind,

Wondering for where the reeds and rushes to be found.

（1933）

---

1 無處覓無處覓菰蒲 —— 菰蒲：（gū pú）植物名即茭白。此句指
水鄉無歸宿處。

1 无处觅无处觅菰蒲 —— 菰蒲：（gū pú）植物名即茭白。此句指
水乡无归宿处。

阻郁達夫移家杭州[1]（1933 年）

錢王[2]登假[3]仍如在，伍相隨波[4]不可尋。

平楚日和憎健翮[5]，小山香滿蔽高岑[6]。

墳壇冷落將軍嶽[7]，梅鶴淒涼處士林[8]。

何似舉家遊曠遠，風波浩蕩足行吟。

1　鬱達夫：小說家，魯迅的朋友。他因在上海發起組織"中國自由大同盟"等革命活動而恐遭迫害，想搬到杭州去住。魯迅這首詩作於一九三三年十二月三十日。據《魯迅日記》記載，該詩是為當時郁達夫妻子王映霞寫的。
2　錢王：即錢鏐（852-932），臨安（今浙江杭州）人，五代時吳越國的國王。
3　登假：同登遐，舊稱帝王的死亡為登假。
4　伍相隨波：伍相，即伍子胥，春秋時楚國人。父兄為楚平王所殺，他出奔吳國，助吳伐楚。後勸吳王夫差滅越，吳王不聽，賜劍迫令自刎，"乃取子胥屍盛以鴟夷革，浮之江中"（見《史記·伍子胥列傳》）。
5　平楚：平林。登高望遠，見樹木連成一片，就像平地一樣。日和：陽光和煦。健翮：矯健的翅膀。常用來借指矯健的飛禽，亦比喻有才能的人。
6　蔽：蔽於，被遮掩。高岑：高山。
7　將軍嶽：指嶽飛（1103-1142），相州湯陰（今屬河南）人，南宋抗金將領。後被主和派趙構（宋高宗）、秦檜謀害。杭州西湖畔有嶽墳。
8　處士林，指林逋（967-1028），字君複，諡號和靖先生，錢塘（今浙江杭州）人，宋代詩人。隱居西湖孤山，喜種梅養鶴。著有《和靖詩集》。孤山有他的墳墓、鶴塚和放鶴亭。這兩倒裝句意為："嶽將軍墳壇冷落，林處士梅鶴淒涼"。

阻郁达夫移家杭州[1]（1933 年）

钱王[2]登假[3]仍如在，伍相随波[4]不可寻。

平楚日和憎健翮[5]，小山香满蔽高岑[6]。

坟坛冷落将军岳[7]，梅鹤凄凉处士林[8]。

何似举家游旷远，风波浩荡足行吟。

---

1 郁达夫：小说家，鲁迅的朋友。他因在上海发起组织"中国自由
大同盟"等革命活动而恐遭迫害，想搬到杭州去住。鲁迅这首诗
作於一九三三年十二月三十日。据《鲁迅日记》记载，该诗是
为当时郁达夫妻子王映霞写的。

2 钱王：即钱镠（852-932），临安（今浙江杭州）人，五代时吴
越国的国王。

3 登假：同登遐，旧称帝王的死亡为登假。

4 伍相随波：伍相，即伍子胥，春秋时楚国人。父兄为楚平王所
杀，他出奔吴国，助吴伐楚。後劝吴王夫差灭越，吴王不听，
赐剑迫令自刎，"乃取子胥尸盛以鸱夷革，浮之江中"（见《史记·
伍子胥列传》）。

5 平楚：平林。登高望远，见树木连成一片，就像平地一样。日
和：阳光和煦。健翮：矫健的翅膀。常用来借指矫健的飞禽，
亦比喻有才能的人。

6 蔽：蔽於，被遮掩。高岑：高山。

7 将军岳：指岳飞（1103-1142），相州汤阴（今属河南）人，南
宋抗金将领。後被主和派赵构（宋高宗）、秦桧谋害。杭州西
湖畔有岳坟。

8 处士林，指林逋（967-1028），字君复，谥号和靖先生，钱塘（今
浙江杭州）人，宋代诗人。隐居西湖孤山，喜种梅养鹤。著有
《和靖诗集》。孤山有他的坟墓、鹤冢和放鹤亭。这两倒装句
意为："岳将军坟坛冷落，林处士梅鹤凄凉"。

Against Yu Dafu's Migration to Hangzhou

King Qian long passed away, but his shadow lingering around,

Premier Wu drifted with the waves but couldn't be found.

Level woods and gentle breeze is not the eagle's sky,

Low hills and fragrant flowers block the view of mount high.

General Yue's tomb is deserted to the forlorn wild,

Hermit lin's plum groves and crane pavilion a lonesome sign.

Why not go with your family for a journey far and wide

Striding and chanting with the billowing wind and tide.

報載患腦炎戲作[1]（1934 年）

橫眉豈奪蛾眉冶，不料仍違眾女[2]心。
詛咒而今翻異樣，無如臣腦[3]故如冰。

橫眉岂夺蛾眉冶，不料仍违众女[2]心。
诅咒而今翻异样，无如臣脑[3]故如冰。

Humorous Reply to the False News about My Suffering of "Meningitis"

How can the furious brows to the moth-brows' charm compare?

I didn't expect these bewitching ladies to annoy and offend.

Now the curses are ridiculously redoubled and deepened,

Yet my brain still sound as cold ice in clean air.

（1934）

---

1 據《魯迅日記》1934 年 3 月 16 日記有："聞天津《大公報》記
　我患腦炎，戲作一絕寄靜農雲 ── 。"
2 眾女 ── 指小人、饞人。
3 臣腦 ── 我的腦子。古人自謙稱爲臣。

1 据《鲁迅日记》1934 年 3 月 16 日记有："闻天津《大公报》记
　我患脑炎，戏作一绝寄静农云 ── 。"
2 众女 ── 指小人、馋人。
3 臣脑 ── 我的脑子。古人自谦称为臣。

秋夜有感[1]（1934 年）

綺羅幕後送飛光[2]，柏栗叢邊作道場[3]。

望帝終教芳草變[4]，迷陽聊飾大田荒[5]。

何來酩果供千佛，難得蓮花似六郎[6]。

中夜雞鳴風雨集[7]，起然煙捲覺新涼。

---

1 《魯迅日記》1934 年 9 月 29 日："午後，……又爲梓生書一幅
雲：（略）。"梓生：張梓生，曾主編《申報》副刊《自由談》。
2 飛光 ── 飛逝的光陰。
3 柏栗叢邊。作道場：做佛事。出自《論語·八佾》："哀公
問社於宰我。宰我對曰：'夏後氏以松，殷人以柏，周人以栗，
曰，使民戰慄。'"社是古代祭土地神的地方，用來做社神的樹木
有松柏栗三種。古代在社那裡殺犯人。
4 望帝：古蜀王杜宇，死後化爲子規（杜鵑），春末悲啼時，眾
芳零落。屈原《離騷》："蘭芷變而不芳兮，荃蕙化而爲茅。"
5 迷陽：一種有刺的草。
6 "難得蓮花似六郎" ──《唐書·楊再思傳》："人言六郎似蓮花，
非也；正謂蓮花似六郎。"六郎原指武則天的面首張昌宗，此處
指梅蘭芳。當時班禪在杭州啓建"時輪金剛法會"，曾邀梅蘭芳在
會期內表演。但梅蘭芳沒有去。魯迅這裡是諷刺在作道場時還
要演戲。
7 中夜雞鳴風雨集 ──《詩·風雨》："風雨如晦，雞鳴不已。既
見君子，雲何不喜。"是說世道混亂而想念賢才。

秋夜有感[1]（1934 年）

绮罗幕後送飞光[2]，柏栗丛边作道场[3]。

望帝终教芳草变[4]，迷阳聊饰大田荒[5]。

何来酪果供千佛，难得莲花似六郎[6]。

中夜鸡鸣风雨集[7]，起然烟卷觉新凉。

1　《鲁迅日记》1934 年 9 月 29 日："午後，......又为梓生书一幅
　　云：（略）。"梓生：张梓生，曾主编《申报》副刊《自由谈》。
2　飞光——飞逝的光阴。
3　柏栗丛边：刑场。作道场：做佛事。出自《论语·八佾》："哀公
　　问社於宰我。宰我对曰：'夏後氏以松，殷人以柏，周人以栗，
　　曰，使民战栗。'"社是古代祭土地神的地方，用来做社神的树木
　　有松柏栗三种。古代在社那里杀犯人。
4　望帝：古蜀王杜宇，死後化为子规（杜鹃），春末悲啼时，众
　　芳零落。屈原《离骚》："兰芷变而不芳兮，荃蕙化而为茅。"
5　迷阳：一种有刺的草。
6　"难得莲花似六郎"——《唐书·杨再思传》："人言六郎似莲花，
　　非也；正谓莲花似六郎。"六郎原指武则天的面首张昌宗，此处
　　指梅兰芳。当时班禅在杭州启建"时轮金刚法会"，曾邀梅兰芳在
　　会期内表演。但梅兰芳没有去。鲁迅这里是讽刺在作道场时还
　　要演戏。
7　中夜鸡鸣风雨集——《诗·风雨》："风雨如晦，鸡鸣不已。既
　　见君子，云何不喜。"是说世道混乱而想念贤才。

On an Autumn Night

Behind the fine silk curtain, time is fooled away,

By the ground of execution，is Buddhist altars' construction.

Accompanies the fragrant grass withering, the cuckoos wail,

The thorns spreading out for the wild land's decoration.

Where to get creams and fruits for the thousand Buddhas to offer ?

The lotus-flower like Lord Sixth is hard to find as the performer,

The cock crows and the wind and storm gathers at mid night,

Feeling the fresh cold around, I up rise and a cigar to light.

無　題 （萬家墨面 1934 年）

萬家墨面[1]沒蒿萊[2]，敢有歌吟動地哀？
心事浩茫連廣宇，於無聲處聽驚雷。

万家墨面[1]沒蒿菜[2]，敢有歌吟动地哀？
心事浩茫连广宇，於无声处听惊雷。

Untitled （myriads of gloomy faces）

Amid wild bushes submerge myriads of gloomy faces,

Who dare to sing songs of sorrows the earth to shake?

With boundless land my heart concerns and stirs,

In silence and hush to listen to the billowing of thunders.

---

1 萬家墨面 —— 指無數人家遭戰爭摧毀，家破人亡，痛苦不堪、面
　孔又黑又瘦。
2 蒿萊 —— 野草。

1 万家墨面 —— 指无数人家遭战争摧毁，家破人亡，痛苦不堪、面
　孔又黑又瘦。
2 蒿萊 —— 野草。

題《芥子園畫譜 三集》贈許廣平（1934年）

　　此上海有書局翻造本。其廣告謂研究木刻十餘年，始雕是書。實則兼用木版、石版、玻黎版及人工著色，乃日本成法，非盡木刻也，廣告誇耳！然原刻難得，翻本亦無勝於此者，因致一部，以贈廣平。有詩爲證：

　　　十年攜手共艱危，以沫相濡亦可哀[1]。
　　　聊借畫圖怡倦眼，此中甘苦兩相知。

　　　　　　　　　　　戌年冬十二月九日之夜，魯迅記

　　此上海有书局翻造本。其广告谓研究木刻十馀年，始雕是书。实则兼用木版、石版、玻黎版及人工著色，乃日本成法，非尽木刻也，广告夸耳！然原刻难得，翻本亦无胜於此者，因致一部，以赠广平。有诗为证：

　　　十年携手共艰危，以沫相濡亦可哀[2]。
　　　聊借画图怡倦眼，此中甘苦两相知。

　　　　　　　　　　　戌年冬十二月九日之夜，鲁迅记

Inscription on the Mustard Seed Garden's Guide to Chinese Painting, Volimn 3; to Xu Guangping

For ten years we have gone through the hardships hand in hand,
We wet each other with foam miserably like two fish on land.
Let us enjoy the paintings and ease our weary eyes,
Only our two hearts know the bittersweet there in life.

　　　　　　　　　　　　　　　　　　　（1934）

1　以沫相濡 ——（yǐ mò xiāng rú）沫：唾沫；濡：沾濕，濕潤。原指泉水幹了，魚吐沫互相潤濕。比喻一同在困難的處境裡，用微薄的力量互相幫助。出處《莊子・大宗師》："泉涸（hé,乾枯），魚相與處於陸，相呴（xǔ,吹）以濕，相濡以沫，不若相忘於江湖。"

1　以沫相濡 ——（yǐ mò xiāng rú）沫：唾沫；濡：沾湿，湿润。原指泉水干了，鱼吐沫互相润湿。比喻一同在困难的处境里，用微薄的力量互相帮助。出处《庄子・大宗师》："泉涸（hé,乾枯），鱼相与处於陆，相呴（xǔ,吹）以湿，相濡以沫，不若相忘於江湖。"

亥年殘秋偶作（1935年）

曾驚秋肅臨天下，敢遣春溫上筆端。
塵海[1]蒼茫沉百感，金風蕭瑟走千官[2]。
老歸大澤菰蒲盡[3]，夢墜空雲[4]齒發寒。
竦聽荒雞偏闃寂[5]，起看星斗正闌幹[6]。

亥年残秋偶作（1935年）

曾惊秋肃临天下，敢遣春温上笔端。
尘海[1]苍茫沉百感，金风萧瑟走千官[2]。
老归大泽菰蒲尽[3]，梦坠空云[4]齿发寒。
竦听荒鸡偏阒寂[5]，起看星斗正阑干[6]。

---

1 塵海：廣大的人世間。
2 金風；秋風。古人以五行來配季節，秋為金。走千官：大量官員逃跑。
3 老歸大澤菰蒲盡 —— 菰蒲為生長在水邊泊傳之處。菰蒲盡：老了無處可歸。
4 空雲 —— 空中雲裡。高處不勝寒。
5 竦（sǒng）聽：凝神傾聽。荒雞：夜裡啼叫的雞。闃寂（qùjì）：靜寂。
6 星斗：北斗星。闌（lán）幹：橫斜。北斗橫斜為天快亮時。

1 尘海：广大的人世间。
2 金风；秋风。古人以五行来配季节，秋为金。走千官：大量官员逃跑。
3 老归大泽菰蒲尽 —— 菰蒲为生长在水边泊传之处。菰蒲尽：老了无处可归。
4 空云 —— 空中云里。高处不胜寒。
5 竦（sǒng）听：凝神倾听。荒鸡：夜里啼叫的鸡。阒寂（qùjì）：静寂。
6 星斗：北斗星。阑（lán）干：横斜。北斗横斜为天快亮时。

An Impromptu in Late Autumn

Once gone through the chilly autumn spreading over the land

Dare I bring to the tip of my pen the warm spring wind back?

All kinds of emotions sunk deeply into the extensive dust sea,

With the whistling autumn wind thousand of officials flee.

Back to broad marshes when old, nowhere to find water reeds,

In dream I drop from empty clouds with shivering cold to teeth.

Stand in awe, listen to the rooster's cry but nothing heard,

Rise up to see, the stars of the Dipper are right over the head.

（1935）

二、新體詩

Poems in the Modern Style

夢[1]

很多夢，乘黃昏起哄。
前夢才擠卻大前夢時，後夢又趕走了前夢。
去的前夢黑如墨；在的後夢墨一般黑；
去的在的仿佛都說，“看我真好顏色”。
顏色許好，暗裡不知；
而且不知道，說話的是誰？

暗裡不知，身熱頭痛。
你來你來，明白的夢。

很多梦，乘黄昏起哄。
前梦才挤却大前梦时，后梦又赶走了前梦。
去的前梦黑如墨；在的後梦墨一般黑；
去的在的仿佛都说，“看我真好颜色”。
颜色许好，暗里不知；
而且不知道，说话的是谁？

暗里不知，身热头痛。
你来你来，明白的梦。

---

1 本詩最早發表於 1918 年的《新青年》第 4 卷第 5 號。
1 本诗最早发表於 1918 年的《新青年》第 4 卷第 5 号。

Dreams

A lot of dreams, bubble up in the dusk.

The last dream squeezes the prior one,

　　the dream behind catches up,

　　and drives away the previous dream.

The last dream just past is as black as ink,

　　the latter present dream is inky black .

The past and the present dreams all seem to talk,

　　"how beautiful my colors look".

Maybe their colors are right, but it is hard to tell in dark.

And I don't know who is speaking ?

In the dark I can't tell, and I have a fever and headache.

You come, come, the frank dream, please come you frank!

愛之神[1]

一個小娃子，展開翅子在空中，
一手搭箭，一手搭弓，
不知怎麼一下，一箭射著前胸。
"小娃子先生，謝你胡亂栽培！
但得告訴我：我應該愛誰？"
娃子著慌，搖頭說："唉！
你是還有心胸的人，竟也說這宗話。
你應該愛誰，我怎麼知道。
總之我的箭是放過了！
你要是愛誰，便沒命的去愛他；
你要是誰也不愛，也可以沒命的去自己死掉。"

一个小娃子，展开翅子在空中，
一手搭箭，一手搭弓，
不知怎麼一下，一箭射著前胸。
"小娃子先生，谢你胡乱栽培！
但得告诉我：我应该爱谁？"
娃子著慌，摇头说："唉！
你是还有心胸的人，竟也说这宗话。
你应该爱谁，我怎麼知道。
总之我的箭是放过了！
你要是爱谁，便没命的去爱他；
你要是谁也不爱，也可以没命的去自己死掉。"

---

1 本詩最早發表於 1918 年 5 月的《新青年》第 4 卷第 5 號。
1 本诗最早发表於 1918 年 5 月的《新青年》第 4 卷第 5 号。

God of Love

A little boy, with wings spreading in the air about,

One hand with arrow , the other the bow.

Somehow he shoots, one arrow hits a man's chest.

"Little boy, sir, thank you for your blind favor the best!

But please tell me " whom should I love I don't know?"

The boy gets alarmed, shakes his head and frowns:

"Oh, you are a man with heart, how can you say so?

Whom should you love? How could I know?

Anyhow I have shot the arrow!

If you love someone, you can love as mad as you can.

If you love no one, go and drop to die as you glad."

桃　花[1]

春雨過了，太陽又很好，隨便走到園中。
桃花開在園西，李花開在園東。
我說，"好極了！桃花紅，李花白。"
（沒說，桃花不及李花白。）
桃花可是生了氣，滿面漲作"楊妃紅"。
好小子！真了得！竟能氣紅了面孔。
我的話可並沒得罪你，你怎的便漲紅了面孔！
唉！花有花的道理。我不懂。

春雨过了，太阳又很好，随便走到园中。
桃花开在园西，李花开在园东。
我说，"好极了！桃花红，李花白。"
（没说，桃花不及李花白。）
桃花可是生了气，满面涨作"杨妃红"。
好小子！真了得！竟能气红了面孔。
我的话可并没得罪你，你怎的便涨红了面孔！
唉！花有花的道理。我不懂。

1　本詩最早發表於 1918 年 5 月的《新青年》第 4 卷第 5 號,署名唐俟。
1　本诗最早发表于 1918 年 5 月的《新青年》第 4 卷第 5 号,署名唐俟。

The Peach Blossom

The rain of spring stopped and the sun is bright.

I walk leisurely in the garden with relaxed mind.

The peach flowers are blooming on the west ,

The plum flowers are on the east.

I say "Great ! Peach flowers are red , plum flowers are white."

（I didn't say peach flowers are not as white as the plum

flowers.）

But peach flowers are angry with flushed "Lady Yang red"

faces.

Good boy! Fancy to see your flushed face.

I didn't say anything to offend you, why flush your face so?

Well, flowers have flower's reasons. That I don't know.

他們的花園[1]

小娃子，卷螺發，
銀黃面龐上還有微紅，── 看他意思是正要活；
走出破大門，望見鄰家：
他們大花園裡，有許多好花。
用盡小心機，得了一朵百合[2]；
又白又光明，像才下的雪。
好生拿了回家，映著面龐，分外添出血色。
蒼蠅繞花飛鳴，亂在一屋子裡──
"偏愛這不乾淨花，是糊塗孩子！"
忙看百合花，卻已有幾點蠅矢。
看不得；捨不得。
瞪眼望天空，他更無話可說。
說不出話，想起鄰家：
他們大花園裡，有許多好花。

小娃子，卷螺发，
银黄面庞上还有微红，── 看他意思是正要活；
走出破大门，望见邻家：
他们大花园里，有许多好花。
用尽小心机，得了一朵百合[2]；
又白又光明，像才下的雪。
好生拿了回家，映著面庞，分外添出血色。
苍蝇绕花飞鸣，乱在一屋子里──
"偏爱这不乾净花，是糊涂孩子！"
忙看百合花，却已有几点蝇矢。
看不得；舍不得。
瞪眼望天空，他更无话可说。
说不出话，想起邻家：
他们大花园里，有许多好花。

---

1 本詩最早發表於 1918 年 7 月的《新青年》第 5 卷第 1 號，署名唐俟。
2 百合 ── 百合花為純潔的象徵。

1 本诗最早发表於 1918 年 7 月的《新青年》第 5 卷第 1 号，署名唐俟。
2 百合 ── 百合花为纯洁的象徵。

Their Garden

Little boy, with curly hair, like snails of the sea,

His life is fresh —— with silvery yellow face, slight red cheek.

Stepping out of the broken gate, a neighbor's house he sees.

In their large garden, there are many flowers.

With great effort of a little kid, he gets a lily so fair,

White and bright, like fresh snow,

Taking it home with great care, his face lightened reddish glow.

Flies bustling and buzzing around, the flower a mess in the home.

　"Fancy loving this dirty flower, you boy so silly!"

Hurry to look at it, already some fly-drops on petals of the lily.

He can't bear to look at it, and reluctant to throw it away,

Staring into the sky, he has nothing to say.

He has nothing to say, and thinks of the neighbor's house ,a show.

In their large garden , many flowers grow.

人與時[1]

一人說，將來勝過現在。

一人說，現在遠不及從前。

一人說，什麼？

時道，你們都侮辱我的現在。

從前好的，自己回去。

將來好的，跟我前去。

這說什麼的，

我不和你說什麼。

一人说，将来胜过现在。

一人说，现在远不及从前。

一人说，什麼？

时道，你们都侮辱我的现在。

从前好的，自己回去。

将来好的，跟我前去。

这说什麼的，

我不和你说什麼。

---

1 本詩最早發表於 1918 年 7 月的《新青年》第 5 卷第 1 號。

1 本诗最早发表於 1918 年 7 月的《新青年》第 5 卷第 1 号。

Man and Time

A man says, " The Future is better than the Present ."

A man says, " The Present is far less better than the Past."

A man says, "What?"

Time says, you all have insulted my Present.

The one who is in favor of the Past, go back to it.

The one who is in favor of the Future, follow me to pursue it.

The one who said "what ? "

I have nothing to say about it.

他[1]

一

"知了"不要叫了，
他在房中睡著；
"知了"叫了，刻刻心頭記著。
太陽去了，"知了"住了，—— 還是沒有見他，
待打門叫他，—— 鏽鐵鍊子系著。

"知了"不要叫了，
他在房中睡著；
"知了"叫了，刻刻心头记著。
太阳去了，"知了"住了，—— 还是没有见他，
待打门叫他，—— 锈铁链子系著。

二

秋風起了，
快吹開那家窗幕。
開了窗幕，會望見他的雙靨。
窗幕開了，—— 一望全是粉牆，
白吹下許多枯葉。

秋风起了，
快吹开那家窗幕。
开了窗幕，会望见他的双靥。
窗幕开了，—— 一望全是粉墙，
白吹下许多枯叶。

---

1 本詩最早發表於 1919 年 4 月的《新青年》第 6 卷第 4 號。詩歌裡的"我"是追求"他"的人。

1 本诗最早发表于 1919 年 4 月的《新青年》第 6 卷第 4 号。诗歌里的"我"是追求"他"的人。

三

大雪下了，掃出路尋他；
這路連到山上，山上都是松柏，
他是花一般，這裡如何住得！
不如回去尋他，—— 阿！回來還是我家！

大雪下了，扫出路寻他；
这路连到山上，山上都是松柏，
他是花一般，这里如何住得！
不如回去寻他，—— 阿！回来还是我家！

He

（1）

Cicadas, do not cry loud,
He sleeps in the house ;
Cicadas cries, he 's all the time in my mind.
The sun is setting, cicadas no longer cry,
 —— still without seeing him all the while.
I'm ready to knock the door open wide,
Yet tied with rusty iron chains about.

（2）

The autumn wind is through.
Be quick, blows open the window curtains please.
When the curtains parted, his face with dimples will be seen.
Window curtains opened, —— only a whitewashed wall to view.
It only blows down lots of dry leaves.

（3）

Heavy snow falls, to find him out the road I sweep;
This road leads to the mountain, all covered with pine trees.
He is like a flower, how could he live here indeed!
Better go back to find him,--Ah! Be back here is still my field!

《而已集》題辭[1]（1926 年 10 月 14 日）

這半年我又看見了許多血和許多淚，
然而我只有雜感而已。

淚揩了，血消了；
屠伯們逍遙複逍遙，
用鋼刀的，用軟刀的。
然而我只有"雜感"而已。

連"雜感"也被"放進了應該去的地方"時，
我於是只有"而已"而已！

这半年我又看见了许多血和许多泪，
然而我只有杂感而已。

泪揩了，血消了；
屠伯们逍遥复逍遥，
用钢刀的，用软刀的。
然而我只有"杂感"而已。

连"杂感"也被"放进了应该去的地方"时，
我於是只有"而已"而已！

1　《而已集》題辭最初收入《華蓋集續編》，爲魯迅在編完該書
　　時所作。
1　《而已集》题辞最初收入《华盖集续编》，为鲁迅在编完该书
　　时所作。

　　以上的八句話，是在一九二六年十月十四夜裡，編完那年那時爲止的雜感集後，寫在末尾的，現在便取來作爲一九二七年的雜感集的題辭。
　　一九二八年十月三十日，魯迅校訖記。

　　以上的八句话，是在一九二六年十月十四夜里，编完那年那时为止的杂感集後，写在末尾的，现在便取来作为一九二七年的杂感集的题辞。
　　一九二八年十月三十日，鲁迅校讫记。

Inscription for the Collection of *Nothing More*

This half year more blood and tears again I have seen,

But I have only some random thoughts, nothing more .

Tears wiped, bloodstains dried,

The killers are at large and shout high.

They use soft knives or knives of steel.

But, I only have nothing more than some random thoughts.

When the random thoughts were put to the suitable place even,

I then shall only have *nothing more* for the nothing more!

.

三、民歌體詩

Poems in the Ballad Style

兒歌的 "反動" [1]

天上半個月亮，
我道是 "破鏡飛上天"，
原來卻是被人偷下地了。
有趣呀，有趣呀，成了鏡子了！
可是我見過圓的方的長方的八角六角的
菱花式的寶相花式的鏡子矣，
沒有見過半月形的鏡子也。
我於是乎很不有趣也！

1922 年 10 月 9 日

天上半个月亮，
我道是"破镜飞上天"，
原来却是被人偷下地了。
有趣呀，有趣呀，成了镜子了！

---

1 本篇最初發表於一九二二年十月九日《晨報副刊》，署名某生者。見《魯迅全集》第 1 卷，頁 411《兒歌的"反動"》。魯迅的這首兒歌是為諷刺胡懷琛的兒歌而作的。

1 本篇最初发表于一九二二年十月九日《晨报副刊》，署名某生者。见《鲁迅全集》第 1 卷，页 411《儿歌的"反动"》。鲁迅的这首儿歌是为讽刺胡怀琛的儿歌而作的。

可是我见过圆的方的长方的八角六角的
菱花式的宝相花式的镜子矣，
没有见过半月形的镜子也。
我於是乎很不有趣也！

1922 年 10 月 9 日

"Reaction" of the Children's Song

Half of the moon is in the sky around,

I think "it is the broken mirror flown there about",

But it's said that it was stolen to the ground,

What a fun, what a fun! It becomes a mirror!

I have seen round, square, long, octagonal, hexagonal, caltrop-

flower shaped, and geometric-blossom patterned mirrors,

But never seen such a half-moon shaped mirror.

Now I don't feel it interesting any more.

好東西歌

南邊整天開大會，北邊忽地起烽煙，
北人逃難南人嚷，請願打電鬧連天。
還有你罵我來我罵你，說得自己蜜樣甜。
文的笑道嶽飛假，武的卻雲秦檜奸。
相罵聲中失土地，相罵聲中捐銅錢，
失了土地捐過錢，喊聲罵聲也寂然。
文的牙齒痛，武的上溫泉，
後來知道誰也不是岳飛或秦檜，聲明誤解釋前嫌，
大家都是好東西，終於聚首一堂來吸雪茄煙。

南边整天开大会，北边忽地起烽烟，
北人逃难南人嚷，请愿打电闹连天。
还有你骂我来我骂你，说得自己蜜样甜。
文的笑道岳飞假，武的却云秦桧奸。
相骂声中失土地，相骂声中捐铜钱，
失了土地捐过钱，喊声骂声也寂然。
文的牙齿痛，武的上温泉，
後来知道谁也不是岳飞或秦桧，声明误解释前嫌，
大家都是好东西，终於聚首一堂来吸雪茄烟。

Song of the Good Things

Meetings of the south all day long,

While in north burning the beacon fire of war.

Northern people flee and southerners shout,

Petitions and cables busy around .

You curse me and I swear at you,

Everyone boasts himself man of honeydew.

Civilians mock at those who are fake Yue Fei,

While militarists speak of evil Qin Hui.

Amid the quarrels the country lost its land,

During the cursing the tax's in hand.

After the land is lost ，the money made,

Shouting and swearing to silence to fade.

Civilians get toothache, militarists go to hot- spring.

It turned out later no one is Yue Fei or Qin Hui ,they agree.

Get reconciled ,and declare the misunderstanding all they are.

Alas, all of us good things, sit and gather round for cigars.

公民科歌[2]

何鍵[3]將軍捏刀管教育，說道學校裡邊應該添什麼。
首先叫作“公民科”，不知這科教的是什麼。
但願諸公勿性急，讓我來編教科書，
做個公民實在弗容易，大家切莫耶耶乎[4]。
第一著，要能受，蠻如豬獱力如牛，
殺了能吃活就做，瘟死還好熬熬油。

何键[3]将军捏刀管教育，说道学校里边应该添什麼。
首先叫作“公民科”，不知这科教的是什麼。
但愿诸公勿性急，让我来编教科书，
做个公民实在弗容易，大家切莫耶耶乎[4]。
第一着，要能受，蛮如猪獱力如牛，
杀了能吃活就做，瘟死还好熬熬油。

---

2 本篇最初發表於 1931 年 12 月 11 日《十字街頭》第一期，署名阿二。《公民科歌》是魯訊針對當時的“中小學課本增設公民科”提案創作的政治諷刺詩。
3 何鍵（1887-1956）字芸樵，湖南醴陵人，當時任國民黨湖南省政府主席。
4 耶耶乎 —— 上海一帶方言，馬馬虎虎的意思。

2 本篇最初发表於 1931 年 12 月 11 日《十字街头》第一期，署名阿二。《公民科歌》是魯讯针对当时的“中小学课本增设公民科”提案创作的政治讽刺诗。
3 何键（1887-1956）字芸樵，湖南醴陵人，当时任国民党湖南省政府主席。
4 耶耶乎 —— 上海一带方言，马马虎虎的意思。

Song of Citizenship Course

General He Jian, sword in hand, the schooling manages,

He decides what should be added to school courses.

First is "Citizenship Course", but no one has idea about it.

I wish all of you be patient, let me compile the text,

To be a citizen is no easy thing, we must be careful for it.

First, one should bear, tough as a pig and a cow to toil,

Killed for meat and alive for work, die of plague, that's for oil.

第二著，先要磕頭，
先拜何大人，後拜孔阿丘，拜得不好就砍頭，
砍頭之際莫討命，要命便是反革命，
大人有刀你有頭，這點天職應該盡。
第三著，莫講愛，
自由結婚放洋屁，最好是做第十第廿姨太太，
如果爹娘要錢化，幾百幾千可以賣，
正了風化又賺錢，這樣好事還有嗎？
第四著，要聽話，大人怎說你怎做。
公民義務多得很，只有大人自己心裡懂，
但願諸公切勿死守我的教科書，
免得大人一不高興便說阿拉[5]是反動。

第二着，先要磕头，
先拜何大人，後拜孔阿丘，拜得不好就砍头，
砍头之际莫讨命，要命便是反革命，
大人有刀你有头，这点天职应该尽。
第三着，莫讲爱，
自由结婚放洋屁，最好是做第十第廿姨太太，
如果爹娘要钱化，几百几千可以卖，
正了风化又赚钱，这样好事还有吗？
第四着，要听话，大人怎说你怎做。
公民义务多得很，只有大人自己心里懂，
但愿诸公切勿死守我的教科书，
免得大人一不高兴便说阿拉[5]是反动。

5　阿拉 —— 上海一帶方言，"我"的意思。

5　阿拉 —— 上海一带方言，"我"的意思。

The second, one should learn to go kowtow .

Kowtow first to Lord He, Kowtow next to Kong Ah-qiu,

Your head will be off, when kowtow unskilled

Don't beg for your head when killed.

Or an anti-revolutionary you will be called.

The lord has a sword and you have a head,

The divine duty you should do.

The third, don't talk love, freedom to marriage is foreign fart,

You 'd better be the tenth, or twentieth concubine at all .

If parents ask for money, you can be sold for much more,

So to rectify the morality and earn the bucks too,

Is there anything better than this rule?

The fourth, you should obey, do whatever the Lord says,.

A lot of the civil duties, only Lord himself clearly knows,

I hope you not to follow my text in a foolish and stiff way,

Lest the Lord be angry , me an anti-revolutionary scold.

"言詞爭執" 歌[6]（1932）

一中全會[7]好忙碌，忽而討論誰賣國，
粵方委員嘰哩咕，要將責任歸當局。
吳老頭子[8]老益壯，放屁放屁來相嚷，
說道賣的另有人，不近不遠在場上。
有的叫道對對對，有的吹了嗤嗤嗤，
嗤嗤一通不打緊，對對惱了皇太子[9]，
一聲不響出"新京"，會場旗色昏如死。

一中全会[7]好忙碌，忽而讨论谁卖国，
粤方委员叽哩咕，要将责任归当局。
吴老头子[8]老益壮，放屁放屁来相嚷，
说道卖的另有人，不近不远在场上。
有的叫道对对对，有的吹了嗤嗤嗤，
嗤嗤一通不打紧，对对恼了皇太子[9]，
一声不响出"新京"，会场旗色昏如死。

6　本篇最初發表於 1932 年 1 月 5 日《十字街頭》第三期，署名阿二。
7　一中全會指 1931 年 12 月 22 日至 29 日在南京召開的國民黨四屆一中全會。會上寧粵兩派互相謾罵。當時報紙稱之爲"言詞爭執"。
8　吳老頭子指吳稚暉（1865-1953），江蘇武進人。時任國民黨中央監察委員、中央政治會議委員。他講話時常帶有"放屁放屁，真正豈有此理"的話頭。
9　皇太子指孫科（1891-1973），當時任國民黨中央執行委員會常委、行政院長。

6　本篇最初发表於 1932 年 1 月 5 日《十字街头》第三期，署名阿二。
7　一中全会指 1931 年 12 月 22 日至 29 日在南京召开的国民党四届一中全会。会上宁粤两派互相谩骂。当时报纸称之为"言词争执"。
8　吴老头子指吴稚晖（1865-1953），江苏武进人。时任国民党中央监察委员、中央政治会议委员。他讲话时常带有"放屁放屁，真正岂有此理"的话头。
9　皇太子指孙科（1891-1973），当时任国民党中央执行委员会常委、行政院长。

Song of *"Dispute"*

First conference of central committee , busy and bustling about,

Suddenly , the traitor of the country they want to find out.

Representative from Guangdong mutters and mumbles,

They say the government officers are blamed fools.

Wu Zhihui , strong and tough ,old in age,

He shouts "fart, fart" in rage .

Someone betrays, yet not far, just here in the scene.

Some sneer, Some agree,

The sneering does not matter even a thing,

But the agree, makes the prince lose his sense.

He leaves the new capital in a sullen way,

The color of hall flags turn to pale.

Many big shots hurry to chase,

Respectful they beg him back again.

許多要人夾屁追，恭迎聖駕請重回，
大家快要一同"赴國難"，又拆臺基何苦來？
香檳走氣大菜冷，莫使同志久相等，
老頭自動不出席，再沒狐狸來作梗。
況且名利不雙全，那能推苦只嘗甜？
賣就大家都賣不都不，否則一方面子太難堪。
展堂同志血壓高，精衛[10]先生糖尿病，
國難一時赴不成，雖然老吳已經受告警。

许多要人夹屁追，恭迎圣驾请重回，
大家快要一同"赴国难"，又拆台基何苦来？
香槟走气大菜冷，莫使同志久相等，
老头自动不出席，再没狐狸来作梗。
况且名利不双全，那能推苦只尝甜？
卖就大家都卖不都不，否则一方面子太难堪。
展堂同志血压高，精卫[10]先生糖尿病，
国难一时赴不成，虽然老吴已经受告警。

---

[10] 汪精衛（1883-1944），原籍浙江紹興，生於廣東番禺。當時任
國民黨副總裁、國民黨中央政治委員會常務委員。抗日戰爭時
期在南京成立偽國民政府任主席。

[10] 汪精卫（1883-1944），原籍浙江绍兴，生於广东番禺。当时任
国民党副总裁、国民党中央政治委员会常务委员。抗日战争时
期在南京成立伪国民政府任主席。

All of us fight, for the country and nation,

Why should we bother, to destroy the construction?

The dishes are cold, Champagne bubbles flat,

Not to make our comrades wait and sad ,

Old chap is willingly absent and go away,

So no fox will spoil the treat and game.

Besides, you can't have fame and fortune together,

The sweet go hand in hand with the bitter.

To sell the land or not to sell, all of us should agree.

So not to let the other side, lose their face and flee.

Now let's go and drink ,to our heart satisfaction,

To be high and feel happy and intoxication,

So to talk everything in a easy way,

And to console the Soul in heaven we may.

Both the theory and the practice,

All sounds perfect and excellence.

Nodding his small head of dragon,

The train is again on the track.

All is well except the pillar the great,

He seems still planning to be a fighter brave,

Comrade Zhan Tang high blood pressure has,

Mr. Jing Wei is diabetes treatment with.

現在我們再去痛快淋漓喝幾巡，酒酣耳熱都開心，
什麼事情就好說，這才能慰在天靈。
理論和實際，全都括括叫，
點點小龍頭，又上火車道。
只差大柱石[11]，似乎還在想火拼，
這樣下去怎麼好，中華民國老是沒頭腦，
想受黨治也不能，小民恐怕要苦了。
但願治病統一都容易，只要將那"言詞爭執"扔在茅廁裡，
放屁放屁放狗屁，真真豈有之此理。

現在我们再去痛快淋漓喝几巡，酒酣耳热都开心，
什麼事情就好说，这才能慰在天灵。
理论和实际，全都括括叫，
点点小龙头，又上火车道。
只差大柱石[11]，似乎还在想火拼，
这样下去怎麼好，中华民国老是没头脑，
想受党治也不能，小民恐怕要苦了。
但愿治病统一都容易，只要将那"言词争执"扔在茅厕里，
放屁放屁放狗屁，真真岂有之此理。

---

[11] 大柱石指胡漢民等。胡漢民（1879-1936），號展堂，廣東番禺人，當時任國民黨中央政治會議常務委員、立法院院長。"大柱石"出自1931年12月27日《申報》報導林森促胡漢民人京與會電文中，有"我公為黨國柱石，萬統共仰"等詞語。

[11] 大柱石指胡汉民等。胡汉民（1879-1936），号展堂，广东番禺人，当时任国民党中央政治会议常务委员、立法院院长。"大柱石"出自1931年12月27日《申报》报导林森促胡汉民人京与会电文中，有"我公为党国柱石，万统共仰"等词语。

So save the nation out of disaster, it would't work,

Although Old Wu has been warned for his words.

If this goes on , what should we decide?

China is always in trouble for all sides.

Even the Party ruler will not be able,

So the suffering will still be the humble.

Wish it's easy to be healed and united with toil,

If only throwing the "dispute "to toilet.

Fart, fart, dag's fart!

What a big nonsense, really a fart!

（1932）

南京民謠[12]

大家去謁陵[13]，強盜裝正經。
靜默十分鐘，各自想拳經[14]。

大家去谒陵[13]，强盗装正经。
静默十分钟，各自想拳经[14]。

Nanjing Ballad

All go to call on the mausoleum,

Robbers behaves for a while in the solemn,

Mourn for ten minutes in silence and still,

While each think of his own boxing tricks and skills.

---

[12] 這首詩最初發表於 1931 年 12 月 25 日《十字街頭》半月刊第二期。
[13] 謁靈：參謁靈墓.這裡指國民黨的各派系一起去謁中山陵一事。
[14] 拳經：打拳的方法。

[12] 这首诗最初发表于 1931 年 12 月 25 日《十字街头》半月刊第二期。
[13] 谒灵：参谒灵墓.这里指国民党的各派系一起去谒中山陵一事。
[14] 拳经：打拳的方法。

寶塔詩[15]

兵
成城
大將軍
威風凜凜
處處有精神
挺胸肚開步行
說什麼自由平等
哨官營官是我本分

Pagoda Song

Soldier

Strong warrior

A great commander

Proud and aggressive manner

With high spirit walk everywhere

Stride on bravely the dignified marcher

Nothing more with freedom and equality whatever

Sentry and guards my destination of commanding officer

---

[15] 1961 年 9 月 23 日《文匯報》刊登沈瓞民《回憶魯迅早年在弘文學院的片斷》一文裡載有這首寶塔詩，並說明是魯迅所做。從 1903-1904 年魯迅和沈瓞民同在日本弘文學院學日語。

宝塔诗 [16]

兵
成城
大将军
威风凛凛
处处有精神
挺胸肚开步行
说什麽自由平等
哨官营官是我本分

Pagoda Song

Soldier

Strong warrior

A great commander

Proud and aggressive manner

With high spirit walk everywhere

Stride on bravely the dignified marcher

Nothing more with freedom and equality whatever

Sentry and guards my destination of commanding officer

---

[16] 1961 年 9 月 23 日《文汇报》刊登沈瓞民《回忆鲁迅早年在弘文学院的片断》一文里载有这首宝塔诗，并说明是鲁迅所做。从 1903-1904 年鲁迅和沈瓞民同在日本弘文学院学日语。

結　語

　　魯迅的詩作不多，但他的詩歌卻是中國詩歌的典範和中國詩歌傳統的繼承和發展開拓，值得深入研究與廣泛的翻譯傳播。從魯迅的詩歌創作中，我們可以聽到歷史的風呼雷鳴，追蹤到中國近代以來詩歌的變化軌跡，看到中國社會生活的萬象圖景。從魯迅的詩作裡，我們還可以體察魯迅不同凡響的詩人氣質，看到他推陳出新改造中國舊體詩的氣魄和境界。魯迅的詩歌承前啓後，爲後人留下了一筆寶貴的精神財富，他的詩話常說常新，是永不衰竭的久遠話題。魯迅的詩歌同他的小說與雜文一樣，在中國文學史上具有劃時代的重要意義。魯迅的詩歌是不朽的經典，是中華民族的寶貴精神財富，是世界詩壇的璀璨明珠，對魯迅詩歌的研究與翻譯傳播也是一項偉大的事業。

　　魯迅說：“明哲之士，必洞達世界之大勢，權衡校量，去其偏頗，得其神明，施之國中，翕合無間。外之既不後於世界之思潮，內之仍弗失固有之血脈。取今復古，別立新宗，人生意義，致之深邃，則國人之自覺至，個性張，沙聚之邦，由是轉爲人國。”[17]魯迅的詩歌及其翻譯的意義也正在於此。通過翻譯與傳播的橋樑，弘揚中華民族傳統文化，融合

17魯迅：《魯迅全集》，《文化偏至論》第 1 卷.[M].北京：北京　人民文學出版社，2005 年版，頁 57。

汲取世界新思潮,使之自立於世界民族之林。魯迅還說:"意者欲揚宗邦之真大,首在審己,亦必知人,比較既周,愛生自覺。自覺之聲發,每響必中于人心,清晰昭明,不同凡響。—— 國民精神之發揚,與世界識見之廣博有所屬"[18]。魯迅詩歌的翻譯與傳播研究將拓寬我們的詩學及其翻譯研究視野,使中國傳統譯學發揚光大,使之更加完美、開放、科學、發展、與時俱進,在新世紀世界詩壇放射出更加燦爛的光芒。

18魯迅:《魯迅全集》,第 1 卷.《摩羅詩力說》[M].北京:北京人民文學出版社,2005 年版,頁 67。

參考書目

魯迅著：《魯迅全集》18 卷本，　北京：人民文學出版社，2005
　　年版。

魯迅著，周振甫注：《魯迅詩歌注》，南京：江蘇教育出版社，
　　2006 年版。

吳中傑編著：《吳中傑點評魯迅詩歌散文》，上海，復旦大學
　　出版社，2006 年版。

張恩和注解：《魯迅舊詩集解》，天津，天津人民出版社，1981
　　年版。

阿袁箋注：《魯迅詩編年箋證》，人民出版社，2011 年 1 月版。

吳鈞著：《魯迅翻譯文學研究》，濟南，齊魯書社，2009 年版。

吳鈞著：《魯迅詩歌翻譯傳播研究》，臺北，文史哲出版社，
　　2012 年版。

後　　記

　　詩歌創作是藝術珍品，它的翻譯是需要反復推敲、修改精化而成的。特別是魯迅詩歌的博大精深決定了他的詩歌英譯不可能一蹴而就一遍成功，魯詩是需要反復體味以求準確理解與翻譯的。本書的魯詩英譯是我對自己上一本書的魯詩英譯進行再推敲修改的結果，特別是根據魯迅詩歌創作的韻律原則，對前本書魯詩英譯進行了韻律的再推敲，對不足的地方進行了一些修正彌補，敬請學界同仁和讀者朋友們批評指正，以求不斷精益求精的詩歌翻譯。

　　在本詩歌翻譯集出版之際，特別要感謝臺灣文史哲出版社彭正雄主編先生大力協助出版，這本魯迅詩歌集的出版發行，也凝結著臺灣文史哲出版社編輯雅雲女士的辛勤勞動心血。在此，我對彭正雄主編先生的大力支持及其雅雲女士等同仁們的認真負責的高效率工作和精美的封面設計表示衷心的感謝。

吳　釣
2012 年 10 月 1 日　於濟南槐香閣

附　錄：

譯者吳鈞主要著作及科研

著　作：

1. 學術專著：《魯迅翻譯文學研究》，齊魯書社，2009 年。

2. 學術專著：《學思錄－英語教研文集》，內蒙古人民出版社，1999 年。

3. 譯著：吳開豫著《自珍集》，中國文史出版社，2006 年。

4. 譯著：林明理《回憶的沙漏》中英文對照詩集，臺灣秀威出版社，2012 年 2 月。

5. 編譯：《老屋的倒塌－愛德格・愛倫坡驚險故事》，山東文藝出版社，2000 年。

6. 參編：《譯學詞典與譯學理論文集》，山東大學出版社，2003 年。

7. 參編：《大學英語精讀 5 級同步輔導與強化》，大連理工學出版社，1999 年。

學術論文：

1. "論魯迅詩歌英譯與世界傳播"，《山東社會科學》，第 11 期，
  2011 年。（CSSCI）

 2. "易經英譯與世界傳播"，《周易研究》，第 1 期，2011 年。
  （CSSCI）

 3. "魯迅 '中間物' 思想的傳統文化底蘊"，《周易研究》，第
  1 期，2008 年。（CSSCI）

 4. "魯迅 '中間物' 思想的傳統文化血脈"，《齊魯學刊》，第
  2 期，2008 年。（CSSCI）

 5. "論魯迅的憂患意識"，《西北師大學報》，第 6 期，2007 年。
  （CSSCI）

 6. "從儒家思想看魯迅精神與中國文化傳承"《甘肅社會科學》
  第 4 期，2007 年。（CSSCI）

 7. "從《周易》看魯迅精神與民族魂"，《周易研究》，第 2 期，
  2007 年。（CSSCI）

 8. "略論《苔絲》創作手法的悲劇意味"，《齊魯學刊》，第 9
  期，2002 年。（CSSCI）

 9. "從《周易》的原點看人文精神與新世紀跨文化交際"，《周
  易研究》，第 6 期，2002 年。（CSSCI）

10. "略論《苔絲》的當代啓示性"，《東嶽論叢》，第 9 期，2002
  年。

11. "童話王國民俗見聞"，《民俗研究》，2002 年。

12. "論《紫色》的思想藝術性"，《齊魯學刊》，第 3 期，2005年。

13. "艾米莉狄更生詩歌創作特徵與藝術手法"，《臨沂師範學院學報》，第 10 期，2002 年。

14. "非專業研究生英語教學中的方法探討"，《山東外語教學》，第 6 期，2002 年。

15. "略論菲茨傑拉德的創作思想、藝術手法及現實意義"，《河西學院學報》，第 6 期，2002 年。

16. "憂鬱的藍玫瑰"，《萊陽農學院學報》，第 5 期，2002 年。

17. "從《雷雨》創作的悲劇女性形象看經典文學的傳播"，《山東文學》，第 9 期，2006 年。

18. "從中西電影中的女性形象塑造談起"，《華夏文壇》，第 12 期，2005 年。

19. "從影視人物形象塑造看中西文化歷史發展"，《山東文學》，第 6 期，2005 年。

20. "從電影中的女性形象塑造看全球化語境下的跨文化交際"，《時代文學》，第 6 期，2005 年。

21. "愛倫・坡詩歌創作風格"，《中外詩歌研究》，第 2 期，2003年。

22. "英語顏色詞的翻譯與跨文化交際"，《現代文秘》，第 2 期，2002年。

23. "英語實物顏色詞的構成及修辭作用"，《寧波大學學報》，第 4 期，1995 年。

24. "外貿英語談判課中的模擬法運用新探"，《寧波大學學報》，第 2 期，1996 年。

25. "模擬教學法在外貿英語談判課中的運用"，《山東外語教學》，第 3 期，1996 年。

26. "多彩的道路，曲折的道路－從愛麗絲‧沃克的《紫色》看美國婦女的自救道路"，《學習與思考》，第 4 期，1996 年。

27. "顏色的象徵－從一部小說看美國婦女的自救道路"，《現代化》，第 6 期，1996 年。

28. "從《了不起的蓋茨比》看金錢夢的破滅"，《學習與思考》，第 9 期，1995 年。

翻　譯：

1. 翻譯吳開晉教授詩歌〈土地的記憶〉，1996 年，世界詩人大會。（東京）

2. 翻譯吳開晉詩歌〈椰林歌聲〉，香港漢英雙語詩學季刊《當代詩壇》，第 51-52 期，2009 年。

3. 翻譯吳開晉詩歌〈久違的雷電〉，《當代詩壇》，第 51-52 期，2009 年。

4. 翻譯吳開晉詩歌〈寫在海瑞墓前〉、〈致瀑布〉和〈灘江〉，《老年作家》，第 4 期，2009 年 6 月。

5. 翻譯《中國沾化吳氏族譜》序言，中國檔案出版社，2008 年。

6. 翻譯〈易理詮釋與哲學創造〉，《周易研究》（增刊），2003 年。

7. 翻譯：林明理詩歌〈雨夜〉、〈夏荷〉，《World Poetry Anthology

2010》（2010 第三十屆世界詩人大會世界詩選）臺灣。

8.翻譯：林明理詩歌〈夏蓮〉、〈流星雨〉、〈曾經〉、〈四月的夜風〉、〈霧〉、〈想念的季節〉等發表於美國《世界詩歌》2010--2012 年，Poems Of The World, USA, Volume14--16, 2010--2012.

詩歌創作：

1.詩歌：〈悉尼隨感錄 11 首〉，《彼岸》第 3 期，2011 年。

2.詩歌：〈吳鈞悉尼詩歌選 12 首〉，《華夏文壇》，第 3 期，2010 年。

3.詩歌：〈天望〉、〈家鄉的國槐〉、〈母親〉，《山東文學》，2010 年 7 月。

4.詩歌：〈時光的葉片〉（〈路〉、〈夏之偶感〉、〈總是〉、〈淡淡的心湖〉），《網路作品》，第 1 期，2010 年。

散文創作：

1.散文：〈塞外江南張掖漫遊〉《華夏文壇》，第 1 期，2012 年。

2.散文：〈父愛如山〉，《華夏文壇》，第 3 期，2009 年。

3.散文：〈槐香如故〉，《當代小說》，第 10 期，2007 年。

4.散文：〈魯橋眺望〉，《華夏文壇》，第 4 期，2007 年。

主持科研專案：

主持山東省社科規劃辦專案：〈翻譯傳播學研究－從魯迅翻譯文
　　學傳播談起〉2009 年 12 日－2012 年 8 日。

獲　獎：

1. 翻譯吳開晉教授詩歌《土地的記憶》獲 1996 年世界詩人大會（東
　　京）詩歌和平獎。
2. 專著《魯迅翻譯文學研究》獲 2010 年度山東省文化藝術科學優
　　秀成果獎（專著類）二等獎。
3. 專著《學思錄》獲 2000 年山東大學哲學社科研究三等獎。